人生文丛

林贤治 主编

跌宕人生

丁玲 著

花城出版社

中国·广州

图书在版编目（CIP）数据

跌宕人生 / 丁玲著. -- 广州：花城出版社，2024.1
（人生文丛 / 林贤治主编）
ISBN 978-7-5360-9505-2

Ⅰ. ①跌… Ⅱ. ①丁… Ⅲ. ①散文集－中国－现代 Ⅳ. ①I266

中国版本图书馆CIP数据核字(2022)第035996号

出版人：张懿
特邀编辑：余红梅
项目统筹：揭莉琳　邹蔚昀
责任编辑：揭莉琳　邹蔚昀
责任校对：衣　然
技术编辑：凌春梅
封面绘图：老　树
装帧设计：姚　敏

书　　名	跌宕人生
	DIEDANG RENSHENG
出版发行	花城出版社
	（广州市环市东路水荫路11号）
经　　销	全国新华书店
印　　刷	佛山市迎高彩印有限公司
	（佛山市顺德区陈村镇广隆工业区兴业七路9号）
开　　本	880毫米×1230毫米　32开
印　　张	8.875　2插页
字　　数	160,000字
版　　次	2024年1月第1版　2024年1月第1次印刷
定　　价	48.00元

如发现印装质量问题，请直接与印刷厂联系调换。
购书热线：020-37604658　37602954
花城出版社网站：http://www.fcph.com.cn

人生文丛 | 看纷纭世态
读各色人生

写在"人生文丛"新版之前

20世纪90年代初，受出版社之邀，编选了"人生文丛"，计二十种。恰逢第四届全国书市在广州举办，这套丛书成了场上的"骄子"，被评为"十大畅销书"之一。此后一段时间，一版再版，受欢迎的程度超乎出版人的预想。其时，坊间腾起一股"散文热"。若果"人生文丛"算不上引燃物的话，至少，它提供的柴薪是增添了不少热量的。

五四开启了一个时代，星汉灿烂，人才辈出。新文学第一代作家的坚实的创作实践，奠定了"艺术为人生"的原则，影响至为深远。"人生文丛"乃从五四后三十年间，遴选有代表性的二十位作家的非虚构作品，也即我们惯称的散文，自然是广义的散文，除了一般的叙事之作，还包括演讲稿，以及带有隐私性质的日记、书信等。这些文字，烙上作者各自的人生印记，不同的思想和艺术个性，真诚、真实、真切，俾普通读者——英国作家伍尔夫郑重地使用了这个词，以它为一本文学评论集命名——借由文学更好地体察社会，思考人生，并从中获得美学的熏陶。

文丛初版时，编者分别使用了一个虚拟的"何氏家族"成员的代名。此次重版，恢复了编者的本名。

　　由于版权变易，初版时的林语堂、巴金已为丁玲、萧红所代替。单从人生富含的文化价值看，后者的意蕴恐怕更深。同样出于版权关系，未予收入张爱玲，这是可遗憾的。无论读文学，读人生，张爱玲都是不容忽略的。

　　新版"人生文丛"，对胡适、郭沫若、冰心、丰子恺等作家，各有篇幅不等的增订。私心里，总是期望选本能够尽善尽美，以贡献于广大读者之前，虽然自知这是很艰难的事。

编者

2023年6月

编辑者说

在中国现代作家中,像丁玲这样经历丰富、命途跌宕,一生富于传奇色彩和文化含量的极少,尤其是女作家。

丁玲(1904—1986),湖南临澧人,原名蒋伟。丁玲从小受到良好的教育,她说她的母亲是"一个伟大的母亲",正是在母亲的支持下,她走上文学和革命的道路。她还提到一位对她"总是从心底产生作用的人",就是女革命家向警予。

1922年,丁玲前往上海,就读于平民女子学校;次年,经瞿秋白等介绍,入上海大学。1924年夏,她转赴北京,结识了文学青年胡也频、沈从文,还有冯雪峰。1927年底,她发表处女作《梦珂》,1928年发表《莎菲女士的日记》,出版第一个短篇小说集《在黑暗中》。1929年,她与胡也频、沈从文在上海合办《红黑》杂志,完成第一部长篇小说《韦护》,1930年加入中国左翼作家联盟。

1931年1月17日,左联五作家在参加中共的一次会议时被捕,后遭到秘密杀害。其中,就有丁玲的丈夫胡也频。胡也频死后，丁玲的思想转趋激进，1932年加入中国共产党，主编左联机关刊物《北斗》。1933年，她被国民党特务押到南京拘禁；三年后逃离，在冯雪峰的帮助下奔赴陕北。

在延安，丁玲曾任苏区中国文艺协会主任，领导西北战地服务团，主编《解放日报》文艺版，风靡一时。她提倡杂文，并发表《"三八"节有感》，旋即受到批判。

20世纪40年代后期，丁玲写成《太阳照在桑干河上》，后该作品获斯大林文学奖。1949年后，丁玲历任中宣部文艺处处长、中国作协党组书记、中国作协副主席、《文艺报》和《人民文学》主编，创办文学讲习所。1955年和1957年，她先后被打成"反党集团""右派"，下放黑龙江北大荒农场。"文革"期间，她被关进秦城监狱达五年之久。

从1957年至1978年长达22年的时间里，丁玲被迫中断创作。"文革"结束后，错误的政治结论先后被撤销了，但所谓"历史问题"，直至她临终前才得以彻底平反。在最后的岁月里，她重返文坛，任中国作协副主席，创办大型刊物《中国》并任主编，直至离世。

丁玲是小说家，以小说创作为主，散文，包括杂文、特写的数量不多，似乎也没有刻意经营。但是，由于散文的非虚构的特点，无疑与作者的人生际遇更为切近，能够直接体现思想情感方面的变化。倘若把她的散文和小说并置在一起阅读，则不但可以完整地了解一位作家，对于我们认识20世纪中国革命也是很有裨益的。

从思想倾向看，丁玲的散文可分三大部分，相当于三个不同的色块：蓝、红、灰，彼此虽有交融，而界限毕竟是比较清楚的。

在丁玲北上读书并开拓创作时，可以说，她是一位"新女性"。自由、民主、人权，包括女权，这些簇新的现代观念，开始在丁玲的心灵中扎根。这是"蓝色丁玲"：自由叛逆，富于个性，敢于抗争。从《莎菲女士的日记》等早期作品可以看出，在她的身上，有着一种鲜明的理想主义和英雄主义色彩。追求个人自由、独立和平等权利的个性主义，构成"五四"那一代人的思想底色。

到了延安以后，丁玲很快适应艰苦的革命生活，但是，当时出现的男权主义、官僚主义、特权主义等现象，则不能不与她固有的革命观念发生冲突。她写下两个小说《在医院中》《我在霞村的时候》，记录了她对于革命与人性、集体与个人、权利与责任的批判性思考。她是敏锐的，也是勇敢的。特别是杂文《"三八"节有感》《干部衣服》等，可以明显看出注入其中的鲁迅的血脉，充满紧迫的现实感和崇高的使命感。由于环境条件的限制，她不曾沿此道路继续朝前走，而不得不中断相关的创作，但是，在几乎清一色的延安文学中，她的少数几篇作品，却闪耀着罕有的特异的思想和人性的光辉。

在丁玲的创作中，小说《水》是一个转折点，标志着她从个人向集体的皈依。这是一个"红色丁玲"。凭着一种革命的热情，丁玲来到了党组织中间，投入以工农为主体的浩大的斗争中。经历了延安整风运动，丁玲对革命和文学有了新的领悟。她遵照毛泽东在延安文艺座谈会上的讲话精神，把文学当成武器和工具，写了一批作品。散文方面，主要是战地人物速写和战事报道，如《陕北风光》等，都是光明的颂歌。这些作品，客观、写实，有点急就章的味道，艺术上较为粗糙，少有吐露心迹的深入、委婉与细腻，如《风雨中忆萧红》。

20世纪70年代末，丁玲的处境，用得上美国作家考利的一本文学史著的名目来形容，就是"流放者的归来"。她历经预言的"九九八十一难"，思想无疑有了更大程度的解放，或者从另一角度看，也可以说是回归"五四"。她写下《我所认识的瞿秋白同志》，知人论世，释愤抒情，确是难得的佳作。文章中，她反复多次提到世界的"不够健全"，分明凝聚了她对革命历史的反思：

> 正由于我们生活中的某些不够健全，一个同志在工作中犯了错误，就被揪着不放，攻其一点，不及其余，这种过左的作法，即使不是秋白，不是这样一个多

感的文人，也是容易使人寒心的。特别是当攻击者处在有权、有势、有帮、有派，棍棒齐下的时候，你怎能不回首自伤，感慨万端地说："田园将芜胡不归！"而到自己将离世而去的时候，又怎会不叹息是"历史的误会"呢？

由于幽囚南京时期的所谓"历史问题"长期延宕未能解决，因此，丁玲处事为文不得不有所避忌，有时甚至为表现"正统"而竟有了超常的表现，以至于被人目为过左。其实，晚年的丁玲是成熟的，但毋庸讳言，也是复杂的、充满矛盾的。

丁玲复出之后，在公共场合表现得豁达大度、乐观开朗，但是在"自己的房间"里，却也不乏灰暗的、压抑的、愤懑的声音。比较两个不同空间的文字，可知丁玲在貌似平顺的阶段，仍然存在着某种难以诉说的艰难。

在这里，不妨看看她在20世纪70年代末写给老朋友的一封信。信里说：

……人在熙熙攘攘的人群中，对面看人，常常是看不清人的，如同在君子国，只见对面的那张温文尔雅的笑脸，看不见后面藏在披巾里的狰狞的青面獠牙！人只有在被打倒之后，经历了十八层地狱的各种磨难，从下往上看，才能看见他的后面，和他的肺腑，才能悟出点名堂来了！……

……山西煤多，生活很方便。闭塞一些，对外间消息几乎隔绝，但也有好处，少知道，少烦心。我们虽然九死一生，但我们总还是竭力继续在死亡线上挣扎，愿意为后人子孙留一点东西，虽然力比纸薄，但心仍比天高。惟愿多活几年，了此心愿。儿女虽被株连，受害，受压，但也总算过来了。他们也很快要接近老年了，除了勉励他们要继续埋头，没没（默默）无闻为党尽力以外也没有什么别的希望了……

20世纪80年代初，丁玲写信给山西某大学一位教授说：

我现在虽然在北京，既不参加高级会议，又很少见高级人物。文坛事实与我无缘。你不要看见我在这个刊物有点短文，那个刊物有点小消息，或者又偶在电视中晃一晃，实际不过是晃一晃人物，自然，也很难不见外国人。这种时候，我大半很谨慎，怕授人、授自己人以柄，为再来挨一顿棍棒做口实。但愿这只是我的"余悸"。两年多来，尽写些不得已的小文章，实在不过只是自己在读者中平平反，亮亮相。好在现已发誓除实在不得已而外，不写短文。人家打人家的仗，我写我自己的文章。我对于内战是不想参加的。你不要看旗帜，所谓解放，实际在某些问题上，对某些人上，实在一丝一毫也不愿、不肯解放的。左的左得可爱，右的右得美丽。……文艺事大不可为，希望在五十年后，在我，在我们死后许久，或可有有勇气的（也许那时不需要勇气），真正无私的，有真知灼见的人们。不过首先得把封建权势扫除干净。我们还需要杂文，只是比鲁迅时代要艰难得多……

再看看1975年的两则日记，其中一则记道：

……静坐院中，看树影东移，夜凉如水，忆几十年大好年华，悄然消失，前途茫茫，而又白发苍苍，心高命薄，不觉怆然。惟有鼓起余勇，竭力挣扎。难图伸腰昂首于生前，望得清白于死后，庶几使后辈儿孙少受折磨，有发挥能力的机会，为国为民效劳而已。

另一则写道：

文章要写得深刻点，生活化些，就将得罪一批人。中国实在还未能有此自由。《"三八"节有感》使我受几十年的苦楚。旧的伤痕还在，岂能又自找麻烦，遗祸后代!

　　这样灰色调的文字,是只有在书信和日记中方可得见的。比起她公开发表的其他文字,当又是一番境界矣。

目 录

第一辑
散 文

"牛棚"小品（三章） / 3
造反派的威风 / 17
不算情书 / 21
死之歌 / 30
也频与革命 / 44
一个真实人的一生
　　——记胡也频 / 49
我与雪峰的交往 / 74
我所认识的瞿秋白同志
　　——回忆与随想 / 84
鲁迅先生于我 / 119
风雨中忆萧红 / 140
伊罗生 / 145
她更是一个文学作家
　　——怀念史沫特莱同志 / 150

我们需要杂文　/ 161

干部衣服　/ 164

"三八"节有感　/ 166

勇气　/ 172

反与正　/ 174

苏联的文学与艺术
　　——在天津文艺青年集会上的讲演　/ 176

谈文学修养　/ 189

漫谈散文　/ 201

五月花公寓
　　——我看到的美国·之四　/ 205

超级市场
　　——我看到的美国·之五　/ 208

橄榄球赛
　　——我看到的美国·之六　/ 214

第二辑

书 信

致胡也频 / 221
致陈明（三封） / 226
致胡风 / 233
致逯斐（二封） / 235
致人民文学出版社编辑室 / 241
致洛兰、马寅 / 243
致赵家璧 / 249
致吴海发 / 254
致宋谋瑒 / 256
致白浜裕美 / 258
致陆文采 / 261

第三辑

日 记

日记三则 / 265

第一辑
散 文

我追求,我顽强地坚持住,
我总算活出来了……

"牛棚"小品(三章)

窗 后

尖锐的哨声从过道这头震响到那头,从过道里响彻到窗外的广场。这刺耳的声音划破了黑暗,蓝色的雾似的曙光悄悄走进了我的牢房。垂在天花板上的电灯泡,显得更黄了。看守我的陶芸推开被子下了炕,匆匆走出了小屋,返身把门带紧,扣严了门上的搭袢。我仔细谛听,一阵低沉的嘈杂的脚步声,从我门外传来。我更注意了,希望能分辨出一个很轻很轻而往往是快速的脚步声,或者能听到一声轻微的咳嗽和低声的甜蜜的招呼……"啊呀!他们在这过道的尽头拿什么呢?啊!他们是在拿笤帚,要大扫除;还要扫窗外的广场。"如同一颗石子投入了沉静的潭水,我的心跃动了。我急忙穿好衣服,在炕下来回走着。我在等陶芸,等她回来,也许能准许我出去扫地。即使只准我在大门内、楼梯边、走廊里打扫也好。啊!即使只能在这些地方洒扫,不到广场上去,即使我会腰酸背疼,即使我……我就能感到我们都在一同劳动,一同在劳动中彼此怀想,而且……啊!多么奢侈的想望啊!当你们一群人扫完广场回来，而我仍在门廊之中，我们就可以互相睨望，互相凝视，互相送过无限的思念之情。你会露出纯静而挚热的、旁人谁也看不出来的微笑。我也将像三十年前那样，从那充满了像朝阳一样新鲜的眼光中，得到无限的鼓舞。那种对未来满怀信心，满怀希望，那种健康的乐观，无视任何艰难险阻的力量……可是，现在我是多么渴望这种无声的、充满了活力的支持。而这个支持，在我现在随时都可以倒下去的心境中，是比三十年前千百倍地需要，千百倍地重要啊！

没有希望了！陶芸没有回来。我灵机一动，猛然一跃，跳上了炕，我战战兢兢地守候在玻璃窗后。一件从窗棂上悬挂着的旧制服，遮掩着我的面孔。我悄悄地从一条窄窄的缝隙中，向四面搜索，在一群扫着广场的人影中仔细辨认。这儿，那儿，前边，窗下，一片，两片……我看见了，在清晨的、微微布满薄霜的广场上，在移动的人群中，在我窗户正中的远处，我找到了那个穿着棉衣也显得瘦小的身躯，在厚重的毛皮帽子下，露出来两颗大而有神的眼睛。我轻轻挪开一点窗口挂着的制服，一缕晨光照在我的脸上。我注视着的那个影儿啊，举起了竹扎的大笤帚，他，他看见我了。他迅速地大步大步地左右扫着身边的尘土，直奔了过来，昂着头，注视着窗里微露的熟识的面孔。他张着口，好像要说什么，又好像在说什么。他，他多大胆啊！我的心急遽地跳着，赶忙把制服遮盖了起来，又挪开了一条大缝。我要你走得更近些，好让我更清晰地看一看：你是瘦了，老了，还是胖了的更红润了的脸庞。我没有发现有没有人在跟踪他，有没有人发现了我……可是，忽然我听到我的门扣在响，陶芸要进来了。我打算不理睬她，不管她，我不怕她将对我如何发怒和咆哮。但，真能这样吗？我不能让她知道，我必须保守秘密，这个幸福的秘密。否则，他们一定要把这上边一层的两块玻璃也涂上厚厚的石灰水，将使我同那明亮的蓝天，白雪覆盖的原野，常常有鸦鹊栖息的浓密的树枝，和富有生气的、人来人往的外间世界，尤其是我可以享受到的缕缕无声的话语，无限深情的眼波，从此告别。于是我比一只猫的动作还轻还快，一下就滑坐在炕头，好像只是刚从深睡中醒来不久，虽然已经穿上了衣服，却仍然恋恋于梦寐的样子。她开门进来了，果然毫无感觉，只是说："起来！起来洗脸，捅炉子，打扫屋子！"

于是一场虚惊过去了，而心仍旧怦怦怦地跳着。我不能再找寻那失去的影儿了。哨音又在呼啸，表示清晨的劳动已经过去。他们又将回到他们的那间大屋，准备从事旁的劳动了。

这个玻璃窗后的冒险行为，还使我在一天三次集体打饭的行进中，来获得几秒钟的、一闪眼就过去的快乐。每次开饭，他们必定要集体排队，念念有词，鞠躬请罪，然后挨次从我的窗下走过，到大食堂打饭。打饭后，再排队挨次返回大"牛棚"。我每次在陶芸替我打饭走后（我是无权自己去打饭的，大约是怕我看见了谁，或者怕谁看见了我吧），就躲在窗后等待,而陶芸又必定同另外一伙看守走在他们队伍的后边。因此,他们来去,我都可以站在那个被制服遮住的窗后,悄悄将制服挪开,露出脸面,一瞬之后,再深藏在制服后边。这样,那个狡猾的陶芸和那群凶恶的所谓"造反战士",始终也没能夺去我一天几次、每次几秒钟的神往的享受。这些微的享受,却是怎样支持了我度过最艰难的岁月,和这岁月中的多少心烦意乱的白天和不眠的长夜,是多么大地鼓舞了我的生的意志啊!

书 简

陶芸原来对我还是有几分同情的。在批斗会上,在游斗或劳动时,她都曾用各种方式对我给予某些保护,还常常违反众意替我买点好饭菜,劝我多吃一些。我常常为她的这些好意所感动。可是自从打着军管会的招牌从北京来的几个人,对我日日夜夜审讯了一个月以后,陶芸对我就表现出一种深仇大恨,整天把我反锁在小屋子里严加看管,上厕所也紧紧跟着。她识不得几个字,却要把我写的片纸只字,翻来检去,还叫我念给她听。后来,她索性把我写的一些纸张和一支圆珠笔都没收了,而且动不动就恶声相向,再也看不到她的好面孔了。

没有一本书,没有一张报纸,屋子里除了她以外,甚至连一个人影也见不到,只能像一个哑巴似的呆呆坐着,或者在小屋中踱步。这悠悠白天和耿耿长夜叫我如何挨得过？因此像我们原来住的那间小茅屋，一间坐落在家属区的七平方米大的小茅屋，那间曾被反复查抄几十次，甚至在那间屋里饱受凌辱、殴打，那曾经是我度过多少担惊受怕的日日夜夜的小茅屋，现在回想起来，都成了一个辉煌的、使人留恋的小小天堂！尽管那时承受着狂风暴雨，但却是两个人啊！那是我们的家啊！是两个人默默守在那个小炕上，是两个人围着那张小炕桌就餐，是两个人会意地交换着眼色，是两个人的手紧紧攥着、心紧紧连着，共同应付那些穷凶极恶的打砸抢分子的深夜光临……多么珍贵的黄昏与暗夜啊！我们彼此支持，彼此汲取力量，排解疑团，坚定信心，在困难中求生存，在绝境中找活路。而现在，我离开了这一切，只有险恶浸入我寂寞的灵魂，死一样的孤独窒息着我仅有的一丝呼吸！什么时候我能再痛痛快快看到你满面春风的容颜？什么时候我能再听到你深沉有力的语言？现在我即使有冲天的双翅，也冲不出这紧关着的牢笼！即使有火热的希望，也无法拥抱一线阳光！我只能低吟着我们曾经爱唱的地下斗争中流传的一首诗："囚徒，时代的囚徒，我们并不犯罪。我们都从那火线上扑来，从那阶级斗争的火线上扑来。凭它怎么样压迫，热血依然在沸腾……"

一天，我正在过道里捅火墙的炉子，一阵哨音呼啸，从我间壁的大屋子里涌出一群"牛鬼蛇神"，他们急速地朝大门走去。我暗暗抬头观望，只见一群背上钉着白布的人的背影，他们全不掉头看望，过道又很暗，因此我分不清究竟谁是谁，我没有找到我希望中的影子。可是，忽然，我感觉到有一个东西，轻到无以再轻地落到我的脚边。我本能地一下把它踏在脚下，心怦怦地跳了起来，多好的机会啊，陶芸不在。我赶忙伸手去摸，原来是一个指头大的纸团。我来不及细想，急忙把它揣入怀里，趸进小屋，塞在铺盖底下。然后我安定地又去过道捅完了火炉，把该做的事都做完了，便安安稳稳地躺在铺上。其实，我那时的心啊，真像火烧一样，那个小纸团就在我的身底下烙着我，烤着我，表面的安宁，并不能掩饰我心中的兴奋和凌乱。"啊呀！你怎么会想到，知道我这一时期的心情？你真大胆！你知不知道这是犯法的啊！我真高兴，我欢迎你大胆！什么狗屁王法，我们就要违反！我们只能这样，我们应该这样……"

不久，陶芸进来了。她板着脸，一言不发，满屋巡视一番，屋子里一张桌子、一把椅子，没有引起她丝毫的怀疑。她看见我一副疲倦的样子，吼道："又头痛了？"我嗯了一声，她不再望我了，返身出去，扣上了门扣。我照旧躺着。屋子里静极了，窗子上边的那层玻璃，透进两片阳光，落在炕前那块灰色的泥地上。陶芸啊！你不必从那门上的小洞洞里窥视了，我不会让你看到什么的，我懂得你。

当我确信无疑屋子里真真只剩我一个人的时候，才展开那个小纸团。那是一片花花绿绿的纸烟封皮。在那被揉得皱皱巴巴的雪白的反面，密密麻麻排着一群蚂蚁似的阵式，只有细看，才能认出字来！你也是在"牛棚"里，在众目睽睽下生活，你花了多大的心思啊！

上面写着："你要坚定地相信党、相信群众、相信自己、相信时间，历史会作出最后的结论。要活下去！高瞻远瞩，为共产主义的实现而活，为我们的孩子们而活，为我们的未来而活！永远爱你的。"

这封短信里的心里话，几乎全是过去向我说过又说过的。可是我好像还是第一次听到，还是那么新鲜，那么有力量。这是冒着大风险送来的！在现在的情况底下，还能有什么别的话好说呢？……我一定要依照这些话去做，而且要努力做到，你放心吧。只是……我到底能做什么呢？我除了整天在这不明亮的斗室中冥思苦想之外，还能做什么呢？我只有等着，等着……每天早晨我到走廊捅炉子，出炉灰，等着再发现一个纸团，等着再有一个纸团落在我的身边。

果然，我会有时在炉边发现一叶枯干了的苞米叶子，一张废报纸的一角，或者找到一个破火柴盒子。这些聪明的发明，给了我多大的愉快啊！这是我唯一的精神食粮，它代替了报纸，代替了书籍，代替了一切可以照亮我屋子的生活的活力。它给我以安慰，给我以鼓励，给我以希望。我要把它们留着，永远地留着，这是诗，是小说，是永远的纪念。我常常在准确地知道没有人监视我的时候，就拿出来抚摸，收拾，拿出来低低地反复吟诵，或者就放在胸怀深处，让它像火一般贴在心上。下边就是这些千叮嘱、万叮嘱，千遍背诵，万遍回忆的诗句：

"他们能夺去你身体的健康，却不能抢走你健康的胸怀。你是海洋上远去的白帆，希望在与波涛搏斗。我注视着你啊！人们也同我一起祈求。

"关在小屋也好，可以少听到无耻的谎言；没有人来打搅，沉醉在自己的回忆里。那些曾给你以光明的希望，而你又赋予他们以生命的英雄；他们将因你的创作而得名，你将因他们而永生。他们将在你的回忆里丰富、成长，而你将得到无限愉快。

"忘记那些迫害你的人的名字，握紧那些在你困难时伸过来的手。不要把豺狼当人，也不必为人类有了他们而失望。要看到远远的朝霞，总有一天会灿烂光明。

"永远不祈求怜悯，是你的孤傲；但总有许多人要关怀你的遭遇，你坎坷的一生，不会只有我独自沉吟，你是属于人民的，千万珍重！

"黑夜过去，曙光来临。严寒将化为春风，狂风暴雨打不倒柔嫩的小草，何况是挺拔的大树！你的一切，不是哪个人恩赐的，也不可能被横暴的黑爪扼杀、灭绝。挺起胸来，无所畏惧地生存下去！

"我们不是孤独的，多少有功之臣、有才之士都在遭难受罪。我们只是沧海一粟，不值得哀怨！振起翅膀，积蓄精力，为将来的大好时机而有所作为吧。千万不能悲观！

"……………"

这些短短的书简，可以集成一个小册子、一本小书。我把它扎成小卷，珍藏在我的胸间。它将伴着我走遍人间，走尽我的一生。

可惜啊！那天，当我戴上手铐的那天，当我脱光了衣服被搜身的那天，我这唯一的财产，我珍藏着的这些诗篇，全被当作废纸而毁弃了。尽管我一再恳求，说这是我的"罪证"，务必留着，也没有用。别了，这些比珍宝还贵重的诗篇，这些同我一起受尽折磨的纸片，竟永远离开了我。但这些书简，却永远埋在我心间，留在我记忆里。

别　离

春风吹绿了北大荒的原野，天气一天比一天暖和，按季节，春播已经开始了。我们住在这几间大屋子、小屋子里的人，一天比一天少了。听说，有的已经回了家，回到原单位；有的也分配到生产队劳动去了。每个人心中都将产生一个新的希望。

五月十四日那天，吃过早饭，一个穿军装的人，来到了我的房间，我意识到我的命运将有一个新的开始。我多么热切地希望回到我们原来住的那间小屋，那间七平方米大的小茅屋，那个温暖的家。我幻想我们将再过那种可怜的而又是幸福的、一对勤劳贫苦的农民的生活啊！

我客气地坐到炕的一头去，让来人在炕中间坐了下来。他打量了我一下，然后问："你今年多大年纪？"

我说："六十五岁了。"

他又说："看来你身体还可以，能劳动吗？"

"我一直都在劳动。"我答道。

他又说："我们准备让你去劳动，以为这样对你好些。"

不懂得他指的是什么，我没有回答。

"让你去××队劳动，是由革命群众专政，懂吗？"

我的心跳了一下。××队，我理解，去××队是没有什么好受的。这个队的一些人我领教过。这个队里就曾经有过一批一批的人深夜去过我家，什么事都干过。但我也不在乎，反正哪里都会有坏家伙，也一定会有好人，而且好人总是占多数。我只问："什么时候去？"

"就走。"

"我要清点一些夏天的换洗衣服，能回家去一次？"我又想到我的那间屋子了，我离开那间小屋已经快十个月了，听说去年冬天黑夜曾有人砸开窗户进去过，谁知道那间空屋现在成了什么样子！

"我们派人替你去取，送到××队去。"他站了起来，想要走的样子。

我急忙说:"我要求同C见一面,我们必须谈一些事情,我们有我们的家务。"

我说着也站了起来,走到门边去,好像他如不答应,我就不会让他走似的。

他沉吟了一下,望了望我,便答应了。然后,我让他走了,他关上了门。

难道现在还不能让我们回家吗?为什么还不准许我们在一道?我们究竟犯了什么罪,自从去年七月把我从养鸡队(我正在那里劳动),揪到这里关起来,打也打了,斗也斗了,审也审了,现在农场的两派不是已经联合起来了吗?据说要走上正轨了,为什么对我们还是这样没完没了?真让人不能理解!

实际我同C分别是从去年七月就开始了的。从那时起我就独自一人被关在这里。到十月间才把这变相的牢房扩大,新涌进来了一大批人,C也就住在我间壁的大"牛棚"里了。尽管不准我们见面,碰面了也不准说话,但我们总算住在一个屋顶之下,而且总还可以在偶然的场合见面。我们有时还可以隔着窗户瞭望,何况在最近几个月内我还收到他非法投来的短短的书简。现在看来,我们这种苦苦地彼此依恋的生活,也只能成为供留恋的好景和回忆时的甜蜜了。我将一个人到××队去,到一个老虎队去,去接受"革命群众专政"的生涯了。他又将到何处去呢?我们何时才能再见呢?我的生命同一切生趣、关切、安慰、点滴的光明,将要一刀两断了。只有痛苦,只有劳累,只有愤怒,只有相思,只有失望……我将同这些可恶的魔鬼搏斗……我决不能投降,不能沉沦下去。死是比较容易的,而生却很难;死是比较舒服的,而生却是多么痛苦啊!但我是一个共产党员(尽管我已于一九五七年底被开除了党籍,十一年多了。我一直是这样认识、这样要求自己和对待一切的),我只能继续走这条没有尽头的艰险的道路,我总得从死里求生啊!

门呀然一声开了,C走进来,整个世界变样了,阳光充满了这小小的黑暗牢房,我懂得时间的珍贵,我抢上去抓住了那两只伸过来的坚定的手,审视着那副好像几十年没有见到的面孔,那副表情非常复杂的面孔。他高兴,见到了我;他痛苦,即将与我别离;他要鼓舞我去经受更大的考验,他为我两鬓白霜、容颜憔悴而担忧;他要温存,却不敢以柔情来消融那仅有的一点勇气;他要热烈拥抱,却深怕触动那不易克制的激情。我们相对无语,无语相对,都忍不住让热泪悄悄爬上了眼睑。可是随即都摇了摇头,勉强做出一副苦味的笑容。他点了点头,低声说:"我知道了。"

"你到什么地方去?"我悄然问他。

"还不知道。"他摇了摇头。

他从口袋里拿出来一张钞票,轻轻地而又慎重地放在我的手中。我知道这是他每月十五元生活费里的剩余,仅有的五元钱。但我也只得留下，我口袋里只剩一元多钱了。

他说："你尽管用吧，不要吃得太省、太坏，不能让身体垮了。以后，以后我还要设法……"

我说我想回家取点衣服。

他黯然说道："那间小屋别人住下了，那家，就别管它了。东西么，我去清理，把你需要的拣出来，给你送去。你放心好了。我一定每月给你写信。你还要什么，我会为你设法的。"

我咽住了。我最想说的话，强忍住了。他最想说的话，我也只能从他的眼睛里看到。我们的手，紧紧握着；我们的眼睛，盯得牢牢的，谁也不能离开。我们马上就要分别了。我们原也没有团聚，可是又要别离了。这别离，这别离是生离呢，还是死别呢？这又有谁知道呢？

砰的一下，房门被一只穿着翻毛皮鞋的脚开了。一个年轻小伙瞪着眼看着屋里。

我问："干什么？"

他道："干什么！时间不早了，带上东西走吧！"

我明白这是××队派来接我的"解差"。管他是董超，还是薛霸，反正得开步走，到草料场劳动去。

于是，C帮助我清理那床薄薄的被子，和抗战胜利时在张家口华北局发给的一床灰布褥子，还有几件换洗衣服。为了便于走路，C把它们分捆成两个小卷，让我一前一后地那么背着。

这时他迟疑了一会儿，才果断地说："我走了。你注意身体。心境要平静，遇事不要激动。即使听到什么坏消息，如同……没有什么，总之，随时要做两种准备，特别是坏的准备。反正，不要怕，我们已经到了现在这种地步，还有什么可怕的呢？我担心你……"

我一下给他吓傻了，我明白他一定瞒着我什么。他现在不得不让我在思想上有点准备。唉，你究竟还有什么更坏的消息瞒着我呢？

他见到我呆呆发直、含着眼泪的两眼，便又宽慰我道："什么事也没有发生，都是我想得太多，怕你一时为意外的事而激动不宁。总之，事情总会有结局的。我们要相信自己。事情不是只限于我们两个人。也许不需要很久，整个情况会有改变。我们得准备有一天要迎接光明。不要熬得过苦难，却经不住欢乐。"他想用乐观引出我的笑容，但我已经笑不出来了。我的心，已为这没有好兆头的别离压碎了。

他比我先离开屋子。等我把什么都收拾好，同那个"解差"离开这间小屋走到广场时，春风拂过我的身上。我看见远处槐树下的井台上，站着一个向我挥手的影子，他正在为锅炉房汲水。他的臂膀高高举起，好像正在无忧地、欢乐地、热烈地遥送他远行的友人。

一九七九年三月中旬于北京友谊医院

造反派的威风

我年轻的时候,不太懂事,好像有点孤高自傲,不大容易喜欢人,特别是对一些妄自尊大、飞扬浮躁的女人。除非她是非常聪明、非常漂亮、非常会做人的人,才会引起我给以注意或喜爱。我总是容易看到别人的缺点。这是一种很不好的脾气。以后年事稍长,阅世稍深,这脾气才逐渐改变。到后来就更改变而成为一种偏爱,凡看到年轻姑娘,就如看见新鲜美丽的花朵,总是爱着她们,爱亲近她们,爱关注她们;即使发现她们的缺点,也能够理解,给以原谅,而且也忘记了自己的老和丑。虽然我已经不能再吸引她们,但还是可以和平相处,甚至也有人仍然欣喜接受我的爱抚。可是在十年动乱中,我才忽然感到怎么这样难以和她们接近。无论我怎样尽心竭力,也难以获得她们的丝毫同情,我曾和那么一群革命女将相处大半年,可算是朝夕与共,至今想来,仍觉得那种相处是多么的别扭啊!可是我至今还仍然想着她们,她们现在在什么地方?做什么工作?过什么生活?她们对社会有什么认识?对过去有什么看法,对现在抱什么态度?她们一定也变了,是怎么变的呢?变好了呢,还是变坏了呢?我很想她们。她们会想到我吗？

　　我第一次见到这群革命女将是在一九六八年的八九月间，那时我在宝泉岭农场水利大楼的一间"牛棚"里已经住了快三个月，"牛棚"里还只关着我一个人，四个造反派的家属日夜轮班看管我。她们对我都还算不错，常常问寒问暖，问我的家世，问我的遭遇，有时看见我吃得太少，打饭时，便给我买个稍好的菜，她们的出发点可能是：这是一个六十四岁的老人了。尽管有时因为照顾我她们遭到旁人的责问，但还没有引起太大的麻烦。这时我虽然很痛苦，思想受熬煎，但只要不搞突然袭击，来什么批斗，日子总还是可以挨得过去。一天我正坐在炕上，看放在桌上的一张旧报纸；报纸是陈明隔几天送一次来。屋子里很黑，窗户下层的两块玻璃都涂有墨水，只剩上边一块透进微弱的光亮。这时房门忽然砰的一声推开了，进来一群年轻人，我不敢抬头看她们，（如果我抬头看看，她们就会嚷嚷："看，她那仇恨的眼光！"）习惯地低着头无声地坐着，就听到好几个人齐声咆哮道："你是什么东西！还坐在那里不动弹。"接着更多的声音乱嚷道："还不快站起！跪下跪下！"而且有人扑近来，有人拉，有人推，有的动拳头，有人用脚踢。我就跪在炕边了。我来不及理会到底发生了什么事。接着拳脚像暴风雨般地落到我的身上。我听见有人斥骂："大右派！大特务！反革命！打死她！打死一个少一个！……"我实在又紧张、又麻木，一下醒悟不过来，不明白我又犯了什么大罪，该挨如此这般的暴打，我只得任她们打骂，任她们发泄。值班看守我的那两个家属也不知怎么一回事，被挤得站到一边去了，不敢保护我。我躬身弯腰缩头缩脑跪在炕边，任她们暴打了一阵。她们又翻了一下我看的报纸，把压在我枕下的几件换洗衣服抖搂出来，扔在地上，好像我犯了滔天罪行，又像是得罪了她们，她们跑来痛痛快快地找我出气，报复一番。然后一阵风一股浪似的涌着挤出小门走了。

我慢慢站起来，收拾地上、炕上，然后又低着头就着微弱的亮光看报，好像任何事都没有发生那样。其实我浑身都像掉在火里，火烧火燎的，一颗心更冷了，也更麻木了。一个小头头，造反派指挥部的人跷着二郎腿坐在炕那头冷静地对看守我的家属解释道："这是刚从北京来的学生。看她们的造反精神，她们真革命！"这次暴打留给我的腰眼疼痛，加重了我原来的腰痛病，一直到现在还经常要犯。

北京的学生，我见过很多。"五四"时代的，"一二·九"时代的，抗日战争时代的，这些都不说，就是五十年代、六十年代初期[①]的我也见过不少。像我的好友罗兰同志的女儿宁宁，在北京大学学考古，谦逊有礼，她同我谈读欧阳山的小说《三家巷》的感想显得多么有思想，有修养。我也见过一些学

---

① 此处指二十世纪五十年代、六十年代。后文略写的汉字表示年份，如"六三年"，所指亦为二十世纪对应的相应年份。

科学的少男少女，他们孜孜不倦地在斗室里勤奋学习，力求上进。六三年底我请假到北京治病，两个大学生亲戚常来看我，我和他们互相都能接近，了解，融洽，很谈得来。六四年我们调到宝泉岭农场，遇到几个北京来的知识青年，他们属于社会青年，是在社会上曾经犯过一点大大小小错误的人。我们同这些年青人也处得很好。因为我们尊重他们，他们过去犯的那些错误，算不了什么，他们都太年轻，他们都还有远大的未来。现在的环境对他们的未来将起重大的影响；我们尽可能去理解他们。我们本着自己对党的政策的理解，我们不冷淡他们，注意发现和重视他们的长处，有机会、有条件时还向领导建议，吸收他们参加工会组织的乌兰牧骑式的文艺小分队。他们在工作中都表现得很好，有很大的进步。现在我听说，他们中还有人留在县的文工团里，成了台柱咧。"文化大革命"开始，在批斗我们的时候，他们还有人无所顾虑地对我们表示公正，不给我们为难。而现在，同样是来自首都北京的这批革命小将却为什么这样盲目、横暴，初见面就不分缘由，给一个龙钟老人一顿暴打，来一个下马威？他们在首都受到革命造反的洗礼，原来就是这个样子的吗？那么以后又将怎样呢，我心中不免升起一阵忧虑。这忧虑并不是为我自己的胆小、痛苦，我只是想到这批年轻人的未来，我们这个国家的未来。

不算情书

我这两天心都不离开你，都想着你。我以为你今天会来，又以为会接到你的信，但是到现在五点半钟了。这证明了我的失望。

我近来的确是换了一个人，这个我应该告诉你，我还是喜欢什么都告诉你，把你当一个我最靠得住的朋友。你自然高兴我这样，我知道你"永远"不会离开我的，因为我们是太好，我们的相互的理解和默契，是超过了我们的说话，超过了一般人所能理解的境地。其实我不告诉你，你也知道，你已经感觉到。你当然高兴我能变，能够变得好一点；不过也许你觉得我是在对你冷淡了，你或者会有点不是你愿意承认的些微的难过。就是这个使得你不敢在我面前任意说话，使你常常想从我这里逃掉。你是希望能同我痛痛快快谈一次天的，我也希望我们把什么都说出；你当然是更愿意听我的意见的，所以我无妨在这里多说一点我自己，和你。但是我希望听到你详细的回答。

好些人都说我。我知道有许多人背地里把我作谈话的资料的时候是这样批评，他们不会有好的批评的，他们一定总以为丁玲是一个浪漫（这完全是骂人的意思）的人，是好用感情（与热情不同）的人，是一个把男女关系看作有趣和随便（是撒烂污意思）的人；然而我自己知道，从我的心上，在过去的历史中，我真正地只追过一个男人，只有这个男人燃烧过我的心，使我起过一些狂炽的（注意：并不是那么机械的可怕的说法）欲念，我曾把许多大的生活的幻想放在这里过，也把极小的极平凡的俗念放在这里过，我痛苦了好几年，我总是压制我。我用梦幻做过安慰，梦幻也使我的血沸腾，使我只想跳，只想捶打什么。我不扯谎，我应该告诉你，我现在可以告诉你了（可怜我在过去几年中，我是多么只想告诉你而不能），这个男人是你，是叫"××"的男人。也许你不会十分相信我这些话，觉得说过了火。不过我可以向你再加解释：易加说我的那句话有一部分理由，别人爱我，我不会怎样的。蓬子说我冷酷，也是对的。我真的从不尊视别人的感情。我们过去的有许多事我们不必说它，我们只说我和也频①的关系。我不否认，我是爱他的。不过我们开始，那时我们真太小，我们像一切小

---

① 胡也频（1903—1931）诗人，作家，1924年开始文学创作并在北平与丁玲相识。1925年二人结婚。1930年5月在上海参加中国左翼作家联盟，任执行委员、工农兵文学委员会主席，同年加入中国共产党，被中国左翼作家联盟等团体选为在江西苏区召开的全国苏维埃第一次代表大会代表。1931年1月17日在上海被国民党逮捕，2月7日牺牲于上海龙华。著有《到莫斯科去》《光明在我们的前面》等小说及诗歌约一百万字。

孩般好像用爱情做游戏，我们造作出一些苦恼，我们非常高兴地就玩在一起了。我们什么也不怕，也不想，我们日里牵着手一块玩，夜里抱着一块睡。我们常常在笑里，我们另外有一个天地。我们不想到一切俗事，我们真像是神话中的孩子们过了一阵。到后来，大半年过去了，我们才慢慢地落到实际上来，才看出我们是一个男人和一个女人，是被一般人认为夫妻关系的；当然我们好笑这些，不过我们却更相爱了，一直到后来看到你。使我不能离开他的，是因为我们过去纯洁无疵的天真；一直到后来，使我同你断绝，宁肯让我只有我一个人知道，把苦痛秘密在心头，也是因为我们过去纯洁无疵的天真，和也频逐渐对于我的热爱——可怕的男性的热爱。总之，后来不必多说它，我自己也是一天一天对他好起来。总之，我和他相爱得太自然太容易了，我没有不安过，我没有幻想过，我没有苦痛过。然而对于你，真正是追求，真有过宁肯失去一切而只要听到你一句话，就是说"我爱你"！你不难想着我的过去，我曾有过的疯狂，想你，我的眼睛，我不肯失去一个时间不望你，我的手，一得机会我就要放在你的掌握中，我的接吻……我想过，我想过（我到现在才不愿骗自己说出老实话）同你到上海去，我想过同你到日本去，我做过那样的幻想。假使不是也频我一定走了。假使你是另外的一副性格，像也频那样，你能够更鼓励我一点，说不定我也许走了。你为什么在那时不更爱我一点，为什么不想获得我？你走了，我们在上海又遇着，我知道我的幻想只能成为一种幻想，我感到我不能离开也频，我感到你没有勇气；不过我对你一点也没有变。一直到你离开杭州，你可以回想，我都是一种态度，一种愿意属于你的态度，一种把你看成最愿信托的人看，我对你几多坦白，几多顺从，我从来没有对人那样过。你又走了，我没有因为隔离便冷淡下我对你的情感。我觉得每天在一早醒来，那些伴着鸟声来到我心中的你的影子，是使我几多觉得幸福的事。每当我不得不因为也频而将你的信烧去时，我心中填满的也还是满足。我只要想着这世界还有那么一个人，我爱着他，而他爱着我，虽说不见面，我也觉得是快乐，是有生活的勇气，是有生活下去的必要的。而且我也痛苦过，这里面不缺少矛盾。我常常想你，我常常感到不够，在和也频的许多接吻中，我常常想着要有一个是你的就好了。我常常想能再睡在你怀里一次，你的手放在我心上。尤其当着有月亮的夜晚，我在那些大树林中走着，我睡在石栏上，从树叶子中去望着星星。我的心跑到很远很远，一种完全空的境界，那里只有你的幻影。"唉，怎么得再来个会晤呢，我要见他，只要一分钟就够了。"这种念头常常抓住我，唉，××！为什么你不来一趟！你是爱我的，你不必赖，你没有从我这里跑开过一次。然而你，你没有勇气和热情，你没来，没有在我要你的时候来，你来迟了一点，你来在我愿意不见你了的时候；所以只给了你一个不愉快的陈迹。从这时起，我们形式上一天一天的远了。你难过我，你又愿意忘记我，你同另外的女人好了；我呢，我仍旧不变，我对你取着绝对的相信，我还是想你，忍着一切，多少次只想再给你一封信，多少次只想我们再相见，可是忍耐过去了。我总以为你还是爱我的，我永远爱着你，依靠着你，我想着你爱我，不断的，你一定关心我得厉害，我就更高兴，更想向上，更感觉不孤单，更感觉充实而愿意好好做人下去。这些话我同你说过，同昭说过，同乃超也说过。你不十分注意，他们也不理解，可是我是真的这样生活了几年。只有蓬子知道我不扯谎，我过去同他说到这上面，讲到我的几年的隐忍在心头的痛苦，讲到你给我的永生的不可磨灭的难堪。后来我们又遇着了，自然，我们终会碰在一块儿。我们的确永远都要在一块儿的，你没有理我。每次我们遇见，你都在我的心上投下了一块巨石，使我有几天不安。而且不仅是遇见，每次当也频出去，预知了他又要见着你时，我仿佛也就不安地又站在你的面前了。我不愿扰乱你，也不愿扰乱也频，我不愿因为我是女人，我来用爱情扰乱别人的工作，我还是愿意我一人吃苦。所以在这一期间是没有人可以看到我的心境的。一直到最近的前一些日子，在北四川路看到你，看到你昂然从我身后大踏步地跑到我的前面去，你不理我，你把我当一个不相识者，你把我当一个不足道的那样子，使我的心为你的后影剧烈地跳着，又为你的态度伤心着。我恨你，我常常气愤地想："哼，你以为我还在爱你吗？"但是我永远不介意你所给我的不尊敬，我最会原谅你，我只想在马路上再一次看见你，看你怎么样；而且我常在你住的那一带跑起来。你总是那么不睬我的。实际上，假如我不愿离开你们，我又得常常和你见面，这事非常使我不如意，我只好好好地向你做一次解释，希望你把我当一个男人，不要以为我还会和你麻烦（就是说爱你），我们现在纯粹是同志。过去的一切不讲它，我们像一般的同志们那样亲热和自然。不要不理我，使我们不方便。我当然解释得很好，实际上是需要这样解释，而且我也已经习惯了忍耐的，所以结果是很好。然而我始终是爱着你，每次和你谈后，我就更快乐，更有着生的需要，只想怎么好好做人。每次到恨自己的时候，觉得一切都无希望的时候，只要你一来，我又觉得那些想象太好笑了，我又要做人。到现在我有这样的稳定，我的无聊的那些空想头，几至完全没有了，实在是因为有你给我的勇气。××！只有你，只有你对我的希望，和对于我的个人的计划，一种向正确路上去的计划，是在我有最大的帮助的。这都是些不可否认的历史。我说我的最近吧。

　　我已经是比较有理性有克制的人，然而我对你还是有欲望，我还是做梦，梦想到我们的生活怎么能联系在一起。想着我们在一张桌上写文章，在一张椅上读书，在一块做事，我们可以随便谈什么，比同其他的人更不拘束些，更真实些，我们因为我们的相爱而更有精神起来，更努力起来，我们对人生更不放松了。我连最小的地方也想到了，想到你的头发一定可以洗干净（因为有好几次都看到你的头脏），想到你的脾气一定可以好起来，而你对同志间的感情也更可以好起来。我觉得你有些地方是难以使人了解的态度，当然我能了解你那些。而我呢，我一定勤快，因为你喜欢我那样；我一定要有理性，因为你喜欢我那样；我一定要做一个最好的人，一点小事都不放松，都向着你为最喜欢我的那么做去。当然我不是说我是因为一个男人才肯好好的活，然而事实一定是那样：因为有了你，我能更好好地做人，我确是可以更好点是无疑，而且这绝不是坏事，不过，这好像还是些梦想。我觉得不知为什么我们总不能联系起来，总不能像一般人平凡的生活下去，这平凡就是你所说的健全。所以我总是常常要对你说，希望你能更爱我一点就好，所以我常常有点难过，我不知应该怎样来对你说出我有新的梦幻。这是，我最近的过去是这样的，一直到写信以前都这样。

而我现在呢，我稍稍有点变更，因为我看见你那么无主意，我愿意……——我不想苦恼人，我愿意我们都平平静静地生活，都做事，不再做清谈了。……

这封信本来预备写得很长的，可是今天在见你之后，心绪又乱了起来，我不能续下去了。有许多话觉得不愿说下去了，觉得这信也不必给你。我真是一个不中用的人，希望你能干，你强，这样我可以惭愧，可以痛苦，可以一切都不管，可以只知好好做人了。勉励我，像我所期望于你的那样；帮助我，因为我的心总是向上的。我这时心乱得很。好，祝你好，我永远的朋友！……

（一九三一年）八月十一日

压了两天，终于想还是寄给你的好：这没有说完的一半话，就是说，我改变了。你既是喜欢的，你就不要以为我对你冷淡而心里难过，又对我疏远起来。那是要儿多使我灰心的！帮助我，使我好好的做人。希望你今天会来。

十三日上午

一夜来，人总不能睡好；时时从梦中醒来，醒来也还是像在梦中，充满了的甜蜜，不知有多少东西在心中汹涌，只想能够告诉人一些什么，只想能够大声的笑！只想做一点什么天真、愚蠢的动作，然而又都不愿意，只愿意永远停留在沉思中，因为这里是满占据着你的影子。你的声音和一切形态，还和你的爱。我们的爱情，这只有我们两人能够深深体会的，没有俗气的爱情！我望着墙，白的；我望着天空，蓝的；我望着冥冥中，浮动着尘埃；然而这些东西都因为你，因为我们的爱而变得多么亲切于我了呵！今天是一个好天气，比昨天还好，像三月里的天气一样。我想到，我只想能够再挨在你身边，不倦地走去，不倦地谈话，像我们曾有过的一样，或者比那个更好。然而，不能够，你为事绊着，你一定有事。我呢，我不敢再扰你，用大的力将自己压住在这椅上，想好好地写一点文章，因为我想我能好好写文章，你会更快乐些。可是文章写不下去，心远远飞走了，飞到那些有亮光的白云上，和你紧紧抱在一起，身子也为幸福浮着……

本来我有许多话要讲给你听，要告诉你许多关于我们的话，可是，我又不愿写下去，等着那一天到来，到我可以又长长的躺在你身边，你抱着我的时候，我们再尽情地说我们的，深埋在心中，永远也无从消灭的我们的爱情吧。……

我要告诉你的而且我要你爱我的！

你的"德娃利斯"

（一九三二年）一月五日，这不算情书

死之歌

在我最早的记忆中,我最害怕的是我国传统的,前头吊着三朵棉花球的孝帽。我戴这样的孝帽的时候是三岁半,因为我父亲死了。家里人把我抱起来,给我穿上孝衣,戴上孝帽,那白色颤动的棉花球,就像是成团成团的白色的眼泪在往下抛。因而给我的印象太深了。他们给我戴好那帽子后,就把我放到堂屋里。堂屋的墙壁上都挂着写满了字的白布,那就是孝联,也就是挽联。可我不懂,只看到白布上乱七八糟地画了很多东西。我的母亲也穿着一身粗麻布衣服,跪在一个长的黑盒子的后面;家里人把我放在母亲的身边。于是,我就放声大哭。我不是哭我的命运,我那时根本不会理解到这是我一生命运的一个转折点:从此以后,我的命运就要和过去完全不同了。我觉得,我只是因那气氛而哭。后来,人们就把我抱开了。但那个印象,对我是深刻的,几十年后都不能忘记。

我常想,那时候,我为什么那么痛哭,那样不安静呢?是不是我已经预感到我的不幸的生活就要从此开始了?是不是我已经预感到那个时代——那个苦痛的时代,那个毫无希望的,满屋都是白色的,当中放一口黑棺材的时代?那就不知道了,反正那是我的第一个印象。家里人后来告诉我，那是死，是我父亲的死。

父亲死了，我母亲就完了，我们也完了，我们家的一切都完了。因此，在我有一点朦胧知识的时候，我对死，就有很深的印象。死是这样可怕的啊！

整个幼年，我就是跟着在死的边缘上挣扎的母亲生活的。在我很小的时候，对死就这样的敏感。我常常要想着别人，替别人着想，我不能忘记一些悲伤的往事。比如：我想到我的一个表哥。这个表哥我没有见过；我的表嫂自然也没见过，因为表哥没结婚就死了。但是，我的表嫂还非得从娘家嫁到我舅舅家来做儿媳妇不可。母亲常常把这件事讲给我听。那时候，表哥表嫂准备结婚，家里置办的嫁妆都是大红的、锦绣的。但是，表哥病了，死了，表嫂还得嫁过来。我外祖父是一个封建文人，但他并不希望她过门来，他也感到这个日子是很难过的。但是，处在那个时代，那个封建的吃人的黑暗时代，我的表嫂还是迎亲过门来了。两家还临时赶办嫁妆，全是蓝色的，再也没有红的了。但是，表嫂过门来的那一天还是穿着红衣服，戴着凤冠霞帔。我家四姨抱着我表哥的木头灵牌，和表嫂拜堂成亲，结为夫妻。结婚仪式以后，表嫂回到洞房，脱下凤冠霞帔，摘下头饰，然后披麻戴孝，来到堂屋，跪着磕头祭灵。她哭得昏过去了。人们把她架着送回新房。就这样，她一直留在我舅舅家里，守活寡。后来，我外祖父调到云南，把她留在常德，住在她娘家。但是，在自己娘家，像她这样的妇女怎么过下去，她有什么希望呢？她有什么前途？她有什么愉快的事情呢？什么都没有了！这个世界已经不属于她了。留给她的只是愁苦、眼泪和黑暗。这样，没有过一年，她死了；我母亲是很同情她的。母亲对我讲她的时候，我也非常难过，我常常想着这个结了婚，实际是未婚的不幸的年轻女性，怎样熬过她的一生？在我脑子里，这是从幼年一直陪伴我长大的第二件事情。

我母亲是一个寡妇，她也有自身痛苦的经历。她是一个学生，一个知识分子，她读了很多书。我以为她的感受，她的想象是很复杂的，又是很丰富的。但是，我母亲从来都把这一切埋在她的心底。我从没听到她讲过，也从未看到过她叹气流泪；即使有过，也很少。我母亲经常给我讲的是一些历史上功臣烈女的故事。她又把这样的书给我看。所以，我从小的时候，对一些慷慨悲歌、济世忧民之士便很佩服。我看《东周列国》的时候（我现在想不起那些具体的故事了），那里记载的许多忠君爱国的仁人义士，视死如归的故事，给我的影响很大。我佩服这样的人，喜欢这样的人，这些是我心目中最崇拜的人，最了不起的人。尽管故事很短，也很多，可是，我觉得是非常有意义的。

我母亲最喜欢讲秋瑾，我常常倚在母亲的膝前听她对我讲秋瑾。秋瑾是我母亲最崇拜的一个。她讲她怎样参加革命，怎样为革命牺牲,我从小对这些故事知道很多。但同时,我也受到一些别的,另外的影响,一些儿女之情也会常常占据我整个的心灵,为这些事件里面的人物所牵引。

我看《红楼梦》时很早,大约是十一二岁吧。这以前我看不懂,不喜欢;十一二岁时我再读,便不一样了。现在回想起来,那时每次读,我都比林黛玉哭得多。林黛玉哭一次,我也跟着哭;林黛玉不哭了,我也哭;黛玉的丫鬟紫鹃哭,我也哭。我总觉得,她那样一个柔弱女子,在强大的压迫势力下,她是毫无反抗的力量的。但她对那个社会是抱着鄙视态度的,她想反抗,却没有力量。她只好在大观园里婉转挣扎,终是没能活下去。

我小的时候,是一个好哭的人,常常要想到别人的生、死,好像这些都和自己的生命纠结在一起似的。我的弟弟死了。姨妈边哭边说,如果是冰之死了,也要好一点,怎么会是弟弟死呢?姨妈双目失明,她没看见我就在她身边。她以为我弟弟一死,我母亲就什么希望都没有了。但如果死的是我,那对我母亲的打击就不是太大。她的思想是,与其让我弟弟死,不如让我死了的好。她这全是为着我母亲着想的。可是,我听到了,就不能不想到很多很多。我甚至也认为,我是可以死的,我死了,弟弟活着要比我有用得多,有价值得多。我一个弱女子能有什么前途,又有什么希望呢?特别是想到我的婚姻问题,更使我感到前途渺茫。那时我被许配给我舅妈家里;而我认为世间最坏的，我最讨厌、最恨的人，就是我的舅妈。一想到这里，我就觉得不如死了好，可以摆脱我以后的命运，母亲也会好一点。所以，那时我常常沉浸在生不如死的这种感情里面。那时候，很多人的死都给我很深的印象。这些人的死，都使我萦回在人生不可解的问题里面。

记得，辛亥革命时，我大姨妈家里，姨父的弟弟在考棚被清兵杀死了，因为他革命。对他的死，我们家很多亲戚都感到沉痛。辛亥革命时间很短，但在我们那个小城镇里，气氛还是很紧张的。

那时，人们都要躲开那个地方，母亲准备带着我逃难。但母亲没有逃，她正在上学，她比较镇定。她不但自己不走，还把向警予和别的同学接到我舅舅家来住。那时风声、气氛都是紧张恐怖的。我的一个叔叔，又在这时突然死了。他的被害，更在我荒冷的记忆里加上血的战栗。

十月十日辛亥革命成功，中华民国成立，我小小的心灵也卷入这大风浪中，愁苦和欢快交糅着，深深地刻在我的记忆里。

这时给我深刻印象的另一件事，就是宋教仁被袁世凯暗杀了。以我那时的年龄和知识，对这事是无法理解的。宋教仁是桃源人，我那时在桃源学校念书，母亲在那里当教员。学校要举行追悼会，指名让我代表同学在台上讲话。我自然是念母亲写的稿子。这稿子写得很有感情，反对袁世凯，反对袁世凯对革命者的屠杀。我念的时候，引起了全场的激动。他们的激动，使我也受到了感染。我觉得，这是我最初的，在心底埋下的一种从群众那里感染到的革命的激动。

这以后，"五四"的浪潮涌来了。我的思想跟着时代一天一天地往前走，我也参加到这些运动中来，但我的感情还是那么单纯。虽然我有愤慨的时候，也有悲哀的时候，也有参加群众游行的感受。但是，这些都还未使我从根本上发生思想上的更大的变化。

"三一八"事件对我是很大的触动。我那时几乎没有在学校。我已经离开了我的母校，来到旧北平，大学不能进，就住在公寓里。但那时，我也跑上了街头。听说那天要到铁狮子胡同，要打卖国贼曹汝霖的家。我跟着冲进去了。我跑到屋子里，被警察赶了出来。虽说自己没有挨打，但很多同学挨打了，还有一些学生被阻留在屋里边没跑出来，后来也不晓得怎么样了。我记得很清楚，那时，我们队伍还往里冲，要营救那些被关在里面的人。当时，一个叫吴蔚燕的女同学，在我前面领头，喊着口号，我也跟着大喊。

再以后，刘和珍的惨死、李大钊的牺牲都震撼了我。我后来的许多年都不愿意到天安门去。解放后，我到天安门去凭吊李大钊同志就义的地方，我感到，我的心仍然颤抖不已。然而，真正刺到我心深处的，是向警予同志的牺牲。

我不到七岁的时候，就认识了向警予。辛亥革命前，我母亲在常德学校时,她经常到我母亲这里来。向警予与我母亲等七个人结拜为姊妹,她们是以救国、以教育为己任的好朋友。我同这几位阿姨都很熟。我知道,在我母亲的心目中,是最推崇向警予的。我小的时候,母亲是我的榜样,是我最崇敬的人,除母亲之外,再一个就是向警予。她那时很年轻,大概只有十九岁。但是她少年老成,像是一个完全成熟的人,一个革命家。我很少看到她有一般年轻女孩子们常有的活泼、娇媚、柔弱等女性的特征;我也没有看到她的泼辣。我觉到她总是温文尔雅,严肃大方。我很小就把她当做最可尊敬的人。那时,我母亲在常德女子师范的师范班,我在幼儿园。母亲放假回家了,没人来接我,我一个人留在幼儿园的时候,向警予就会来把我找着。有时,我母亲回来晚了,常常到向警予的宿舍里找到我,我总是已经睡得甜甜的了。我后来到桃源的时候,与向警予教过的一些学生相遇,我至今还能记得她们的名字,因为她们就是从向警予的身边来的。后来,她的两个侄女到长沙念书,我还特意跑到第一女子学校去看她们。可以说,我从小就是在向警予的影响下生活、长大的。

一九二三年的夏天,我在上海,又见着向警予。她又给我讲了许多她的故事,这些故事使我非常感动。

一次,她讲到她从法国回到广东上码头的时候的情景。当时女子剪头发的人很少,特别是像广州这样的大城市里,剪头发的便被认为是革命党。她那时一进码头,就被一群人围着看，说她是女革命党，还在背后指指点点。她是怎么对待的呢？我常想，如果是我，我一定会生气的，会赶快离开那地方。可是，她却停步站下来，宣传妇女是跟男子一样的，男女应平等，妇女要解放。我那时常想，为什么她想的或做的和我不一样呢？为什么她所拥有的天下是那么宽广呢？为什么她当时没感到害羞或生气呢？为什么她想到要向人群宣传呢？

那时，我住在上海慕尔鸣路。我觉得很奇怪，她和蔡和森两个人住一间房子，但简直不像屋子里面有人。我从来没听到他们在屋子里面的谈话和笑声，进门一看，他们常常都在读书。她的一些很平常、很简单的事，在我都觉得是很了不起的，她是我们女性里面最了不起的一个。当然，她有很多事迹，是我后来才知道的。在当时，我没有读过她的文章，而且，也不容易读得懂。后来，我听说万恶的国民党把她捆到湖北一码头杀害了。这就像砍掉我的头一样。为什么他们把这样的人杀了呢？为什么这样一个妇女，这样一个了不起的人却被杀了呢？

后来，我听说她是在汉口法国租界被捕的。她在法庭上也像当年在广东码头上一样，侃侃而谈，宣传一定要打倒军阀，一定要革命，中国方有前途。她讲到世界问题时说，法国也有革命的传统，法国应该支援中国的革命……那些法国大使馆的人都承认她是个人才，想不把她引渡给国民党，想把这个人留下来。但后来还是引渡给国民党，国民党刽子手们不经审讯，很快就把她押到一码头，不是枪毙，而是砍头，这在我心里留下惨痛的印象。

后来，我又听说在我的家乡，一个比我年轻的小姑娘，才十四五岁，跟着队伍参加过几次游行，就因为她的头发剪得太短了，像个男孩子，也被官府抓去杀掉了。这种接二连三的血淋淋的事件使我经常感到愁闷、痛苦和愤恨。我想，我是向警予的学生，我应该跟着向警予闹革命去，但我却没去。我想，我听说的那个比我年轻的小姑娘，我应该是走在她们前面的，我应该是带着她们的，但是，她们却先我而牺牲了。我实在痛苦。这些曾使我消沉，使我痛苦，中国的出路究竟在哪里？我从二二年离开湖南，跑出来已经五年了，从上海到北京，我始终没有找到一条真正的道路。五年来，总有一些复杂的幻想，在我的脑海里翻来倒去，但却一无所成。

这时，愁闷、痛苦，终于迫使我拿起笔，我要写文章，我的文章不是直接反对国民党的，也不是直截了当地骂了谁，但我写的是那个时代我熟悉的，我理解的青年知识分子的苦闷。我写了几篇，并且在社会上产生了影响。但后来，我觉得老是这样写是不行的，因此，我参加了左联。讲到这里，我不能不讲到也频的牺牲。当也频参加共产党的时候，当我们参加左联的时候，我们不是没有意识到革命者会有牺牲的一天。但我们想，既然参加革命就不能顾自己个人的生死安危，就应该有向警予、李大钊那样视死如归的精神。那时，我没有读到方志敏的《可爱的中国》，也没有读到一些烈士临刑时发出的"砍头如同风吹帽"这样的千古名句。但是，我们也有那种感情，那种气概。

这时候，中华民族处在最黑暗最紧急的关头，惟一的生存希望就是依靠共产党。但共产党在那时候是最受压迫的，全国城乡处在白色恐怖最严重的时候。我们在上海，过一两个月就得搬家；出门走路，处处都得留心身后有没有人跟踪。我们当然预料不到哪一天会死，我们当然希望在革命奋斗中，有更愉快的、有意义的、幸福的生活。所以，那时生活很困苦，受压迫，但我们精神上是很愉快的。正如也频写的《光明在我们的前面》，我们的前途是光明的，是有希望的。这个希望是指国家的希望，民族的希望，人民的希望。一切个人的希望，个人的理想，个人感情的享受，都只能在这个大前提下才能成为现实。

但是，也频的被害一下就把我们年轻有为的，充满希望的生活前途掐断了。也频是一个最纯洁的人，最勇敢的人。他很可怜，只活了二十多岁。他在黑暗中寻找自己生活的道路，寻找生活的意义。刚刚寻找到了，可一只罪恶的手，把他掐死了。这给予我的悲痛是不能想象的，没有经验过来的人是不容易想象的，那真像是千万把铁爪在抓你的心，揉搓你的灵魂，撕裂你的血肉。怎么办呢？我该怎么办呢？我在外面已经跑了七八年了，但独立生活的能力是很差的。这时，我真正感觉到：生，实在是难啊！

生是难的，可是死又是不能死的。我怎么能死呢，我上有老母，下有幼子，怎么能够死呢？我死了，他们将怎么办呢？但是，活着，我拿什么来养他们呢？以前，母亲可以津贴我们，那是我母亲有职业的时候。大革命失败后母亲没有工作了，不能再津贴我们了。我们两个在外面写文章糊口，维持生活。可现在呢？我母亲需要供养，她已经不容易生活了。而我的孩子又怎么办呢？我拿什么去养活他们呢？我能卖身吗？我能随便处置自己来为着生活吗？生，实在是难；死也不应该。生就是要活下去，在困难中想办法活下去，只能这样。我一个人下决心，怎么样也得活下去，我不能不把我的孩子送到母亲那里，别无他处。那时，胡也频家很想要这个孩子，但他们家也是负担不起。但他是胡也频的儿子，他应该继承革命。他不是封建家族里的一个传宗接代的人，但谁能够把我的儿子抚养长大呢？在目前，只有我母亲能负起这个责任。所以，我把儿子送回湖南，独自一人回到上海，踏着也频的血迹继续冲上前去。好在那时在乡下，我母亲有个好朋友，她能够稍微帮助我母亲一些。我只偶然给孩子寄点吃的、穿的，就算可以了。我就这样坚持下来了。这次重大的打击，对我以后的生活是个关口，这一关，我终于闯过来了。

我留在上海编辑左联的机关刊物，做我以前没有做过的事。我明白上海是白色恐怖严重的地方，许多同志牺牲在这里。我随时得准备着，说不上哪一天我也会走上也频走过的路。果然，这一天来到了。我被绑架的时候，我对于死是早有准备的。因为我投身革命不是一天一时，不是盲目投机赶时髦，不想从这里捞到什么，我明明知道这里面充满了危险，胡也频和许多同志惨死的例子，就摆在我的面前。我如果没有足够的思想准备，我完全可以避凶趋吉，不参加，不入党。我可以找个教员当，我可以自己只写点不痛不痒的文章。有朋友劝我不要再陷下去了；有人同情我，愿意帮助我卖稿子。但是，不能那样，我从小几十年来一直都在那样一种感情下熏陶着，我在精神上已经受过许多的磨炼，特别是在也频惨遭杀戮的面前，我不能那样做。于是，我就留在上海。我可能随时会出事的，这是难以预料的。所以，我在刚被捕时就想过，随你们怎么办，顶多不就是那一下，我们走在前面的、牺牲的烈士已经很多了；现在仍关在监牢里的我们的人，还有不少，不只是我一个人，所以我很坦然，没有什么太多的恐怖。

但我自己感觉到死神每天都在我的周围，因为我是落在杀人如麻的国民党刽子手们的手里，他们在我以前已经杀过无数的人，用各种手段杀了不少人。这些刽子手在杀人的时候，脸色一点儿都不变，却津津有味，认为是很有趣味，很了不起的事情。那时我常想，可能不知道哪一天，哪一时，猝然会有一群人向我扑来，用刀，用枪，或者用毒药把你毒死；用绳子把你勒死；他们还可以肢解你的尸体，这在他们是平常的事。

对这些，我是有精神准备的。但这不是说我就是愿意死、我想死。相反，我是想怎样才能不死。因为，我要找着我的朋友，找着我的同志，找着人民，告诉他们我当时是怎么想的。我是和他们在一起的，我是无论如何不会背叛他们的。我被关在笼子里的时候，总是焦急地想着这个问题，每当深更半夜的时候，我一个人在院子里看着那长着青苔的石板，我会想到，我将像胡也频一样，他被埋在龙华一个没有人去的、没有人知道的院落里，我也许就会葬身在这夜晚映着月光的长着青苔的一块石板底下。

是啊，人每天在这里经受熬煎。我落在魔掌里，我没有办法脱离。而且我知道，敌人在造谣，散布卑贱下流的谎言，把我声名搞臭，让我在社会上无脸见人，无法苟活，而且永世休想翻身。这时，我的确想过，死可能比生好一点，死总可以说明自己。这个世界上一下没有我了，不会引起任何人的注意，社会上一下也不知道我是怎样死的。但是，历史终能知道我是死了的，死在南京，死在国民党的囚禁中，我这样想的时候，我便认为我只有一死，才是为党做了最后的一点贡献。

我是死过的，我是死过了的人。这死的经验在我后来的一生中，都不曾忘记。那种精神上的压抑，肉体上的痛苦，都不能使我忘怀，我将在《魍魉世界》那本回忆录中，向读者描述这事情。但是后来，时间隔久了，我慢慢地体会出来了，我还是不应该死。死，可以说明我的不屈，但不能把事实真相公之于世，不能把我心里的历程告诉人们。因此，我想我不能死，我要活下去！但是，我要活下去，不是向敌人乞怜，更不是向敌人屈膝。我不能有一点点损害党的形象的罪过，也不能有一点点丧失共产党员忠贞气节的行为。我苦心积虑，如履薄冰，又像在走钢丝，钻火圈。我追求，我顽强地坚持住，我总算活出来了……是活过来了，使我继续为党工作了五十年。五十年来，我们的国家变好了，人民也更可爱了。未来的世界多么美好，人类将多么幸福，一切都使人留恋。倘有可能，我还要活着，还要工作下去……

一九八五年七月至九月口述于协和医院
一九八六年七月刘春根据录音抄录
陈明整理、校定

也频与革命

四五个月前,有人送了《记丁玲》这样一部书给我,并且对这部书的内容提出许多疑问。最近我翻看了一下,原来这是一部编得很拙劣的"小说",是在一九三二年我被国民党绑架,社会上传说我死了之后,一九三三年写成、一九三四年在上海滩上印刷发售的。作者在书中提到胡也频和我与革命的关系时,毫无顾忌,信笔编撰,他写道:

"愁的是两人所知道中国的情形,还是那么少,那么窄。一份新的生活固然使两人雄强单纯,见得十分可爱,然而那份固执朦胧处,也就蕴蓄在生活态度中,他们正如昔人所说:'知道了某一点,其余便完全不知道。'明白了一样事情,却把其余九样事情看得极其朦胧,所有的工作又离不开其余那些事情,这能成就什么事业?……""革命事业在知识分子工作中,需要理智的机会,似乎比需要感情机会更多。两人的信仰惟建立于租界地内观听所及以及其他某方面难以置信的报告统计文件中,真使人为他发愁以外还稍微觉得可怜可悯。……并非出于理智的抉择。不过由于过分相信革命的进展,为一束不可为据的军事报告与农工革命实力统计所迷惑,为'明日光明'（也频写过一本长篇小说叫《光明在我们的前面》）的憧憬所动摇，彻底的社会革命公式把它弄得稍稍胡涂罢了……"

类似这样的胡言乱语，连篇累牍，不仅暴露了作者对革命的无知、无情，而且显示了作者十分自得于自己对革命者的歪曲和嘲弄。

关于胡也频同志的短暂的一生，他是怎样走上革命的，怎样成为诗人的，怎样参加到党内来的，怎样为革命献身的，在一九五〇年我写的《一个真实人的一生》曾有过详细的记述。我写道：

"……蔚蓝的海水是那样的平稳，那样的深厚，广阔无边，海水洗去了他在北京时那种嗷嗷待哺、亟亟奔走的愁苦，海水给了他另一种雄伟的胸怀。他静静地躺在大天地中，听柔风与海浪低唱，领会自然。他更任思绪纵横，把他短短十几年的颠簸生活，慢慢在这里消化，把他仅有的一点知识，在这里凝聚。他感到了所谓人生了。他朦胧地有了些觉醒，他对生活有了些意图了。他觉得人不只是求生存的动物，人不应受造物的捉弄，人应该创造，创造生命，创造世界。在他的身上，有了新的东西的萌芽。他不是一个学徒的思想，也不是一个海军学生的思想，他只觉得他要起来，与白云一同变幻飞跃，与海水一道奔腾。于是他敞衣，跣足，遨游于烟台的海边沙滩上。

"……也频却是一个坚定的人。他还不了解革命的时候，他就诅咒人生，讴歌爱情；但当他一接触革命思想的时候，他就毫不怀疑，勤勤恳恳去了解那些他从来也没有听到过的理论。他先是读那些马克思主义的文艺理论，后来也涉及其他的社会科学书籍。……

"……等我到济南时，也频完全变了一个人。我简直不了解为什么他被那么多的同学拥戴着。天一亮，他的房子里就有人等着他起床，到深夜还有人不让他睡觉。他是济南高中最激烈的人物，他成天宣传马克思主义，宣传唯物史观，宣传鲁迅与雪峰翻译的那些文艺理论，宣传普罗文学。我看见那样年轻的他，被群众所包围、所信仰，而他却是那样的稳重、自信、坚定、侃侃而谈，我说不出地欣喜。我问他：'你都懂得吗？'他答道：'为什么不懂得？我觉得要懂得马克思也很简单，首先是要你相信他，同他站在一个立场。'我不相信他的话，我觉得他很有味道。当时我的确是不懂得他的，一直到许久的后来，我才明白他的话，我才明白他为什么一下就能这样，这的确同他的出身、他的生活、他的品格有很大的关系。

"……我从这封信（指也频牺牲前当天写给我的一封信）回溯他的一生，想到他的勇猛，他的坚强，他的热情，他的忘我，他是充满了力量的人啊！他找了一生，冲撞了一生，他受过多少艰难，好容易他找到了真理，他成了一个共产党员，他走上了光明大道。可是从暗处伸来了压迫，他们不准他走下去，他们不准他活。我实在为他伤心，为这样年轻有为的人伤心，我不能自已地痛哭了！疯狂地痛哭了！从他被捕后，我第一次流下了眼泪，也无法停止这眼泪。李达先生站在我床头，不断地说：'你是有理智的，你是一个倔强的人，为什么要哭呀！'我说：'你不懂得我的心，我实在太可怜他了。以前我一点都不懂得他，现在我懂得了，他是一个很伟大的人，但是，他太可怜了！……'"

从也频的发展来看，从他的实践来看，从他留下的诗来看，他哪里像那位作者所说的是一个可笑的、什么都不懂，只为一束不可为据的军事报告与农工革命实力统计所迷惑，是为社会革命公式弄得胡里胡涂的一个傻子，因而博得这位绅士对他的可怜可悯呢？也频接触革命理论，是从一九二八年在上海阅读鲁迅与雪峰翻译的苏联文艺理论开始的。他的革命实践是从一九三〇年春在济南高中教书时开始的。一九三〇年十一月参加了共产党，一九三一年一月在上海被捕，二月七日与其他二十多个烈士同时就义于龙华。是的，他为人民为革命工作的时间是很短的，他可能是一个还不够成熟的革命家，但他是一个革命家，是一个烈士。他参加革命的准备时间是不短的。他从十五六岁作一个叛逃的学徒时起，就是与旧社会对立的，就在茫茫人世中追求真理，他写了许多诗，现在只留下九十多首。他的诗大半是对旧社会的诅咒，充满了愤恨，即使是情诗，也不能掩盖他的悲戚。我现在重读他的诗，更感到他是非走到革命道路上来不可的。贪生怕死的胆小鬼，斤斤计较个人得失的市侩，站在高岸上品评在汹涌波涛中奋战的英雄们的高贵绅士是无法理解他的。这种人的面孔、内心,我们在几十年的生活经历和数千年的文学遗产中见过不少,是不足为奇的。

  我不想多唠叨了,现在《诗刊》上选登的三首诗,是可以为证的。至于诗的本身,那就让广大读者自己去评论吧。

一九八〇年元月

一个真实人的一生[1]
——记胡也频

记得是一九二七年的冬天,那时我们住在北京的汉花园,一所与北大红楼隔河、并排、极不相称的小楼上。我们坐在火炉旁,偶然谈起他的童年生活来了。从这时起我才知道他的出身。这以前,也曾知道一点,却实在少,现在想起来觉得很奇怪,不知为什么他很少同我谈;也不知为什么,我简直没有问过他。但从这次谈话以后,我是比较多了解他一些,也更尊敬他一些,或者更恰当地说,我更同情他了。

他祖父是做什么的,到现在我还不清楚,总之,不是做官,不是种地,更不是经商,收入却还不错。也频幼小时,因为身体不好,曾经长年吃过白木耳之类的补品,并且还附读在别人的私塾里,可见那时生活还不差。祖父死了后,家里过得不宽裕,他父亲曾经以包戏为生。也频说:"我一直到现在都还要特别关心到下雨。"他描写给我听,说一家人都最怕下雨,一早醒来,赶忙去看天,如果天晴,一家大小都笑

---

[1] 本文为《胡也频选集》(开明书店1951年第1版)的序言。

了；如果下雨，或阴天，就都发愁起来了。因为下雨就不会有很多人去看戏，他们就要赔钱了。他父亲为什么不做别的事，要去做这一行，我猜想也许同他的祖父有关系，但这猜想是靠不住的。也频一讲到这里，他就更告诉我他有一个时期，每天晚上都要去看戏。我还笑着说他："怪不得你对于旧小说那样熟悉。"

稍微大了一点后，他不能在私塾附读了，就在一个金银首饰铺当学徒。他弟弟也同时在另一家金铺当学徒。铺子里学徒很多，大部分都在作坊里。老板看见他比较秀气和伶俐，叫在柜台上做事，收拾打扫铺面，替掌柜、先生们打水、铺床、倒夜壶，来客了装烟倒茶，实际就是奴仆。晚上临时搭几个凳子在柜台里睡觉。冬夜很冷，常常通宵睡不着。当他睡不着的时候，他就去想，在脑子里装满了疑问。他常常做着梦，梦想能够到另一个社会里去，到那些拿白纸旗、游街、宣传救国的青年学生们的世界里去。他厌弃学打算盘，学看真假洋钱，看金子成色，尤其是讨厌听掌柜的、先生们向顾主们说各式各样的谎语。但他不特不能离开，而且侮辱更多地压了下来。夜晚当他睡熟了后，大的学徒跑来企图侮辱他，他抗拒，又不敢叫唤，怕惊醒了先生们，只能死命地去抵抗，他的手流血了，头碰到柜台上，大学徒看见不成功，就恨恨地尿了他一脸的尿。他爬起去洗脸，尿、血、眼泪一齐揩在手巾上。他不能说什么，无处诉苦，也不愿告诉父母，只能隐忍着，把恨埋藏在心里。他想，总有一天要报仇的。

有一天，铺子里失落了一对金戒指，这把整个铺子都闹翻了，最有嫌疑的是也频，因为戒指是放在玻璃盒子内，也频每早每晚要把盒子拿出来摆设，和搬回柜子里，他又很少离开柜台。开始他们暗示他，要他拿出来，用各种好话来骗他，后来就威胁他，说要送到局子里去，他们骂他、羞辱他、推他、敲他，并且把他捆了。他辩白，他哭，他求他们，一切都没有用；后来他不说了，也不哭了，任凭别人摆布。他心里后悔没有偷他们的金戒指，他恨恨地望着那些首饰，心里想："总有一天要偷掉你们的东西！"

戒指找出来了，是掌柜的拿到后边太太那里去看，忘了拿回来。他们放了他，没有向他道歉。但是谁也没有知道在这小孩子的心里种下了一个欲望，一个报复的欲念。在事件发生后一个月，这个金铺子的学徒失踪了，同时也失踪了一副很重的大金钏。金铺子问他的父母要金钏，他父母问金铺子要人。大家打官司、告状，事情一直没有结果。另一家金铺把他弟弟也辞退了。家里找不着他，发急，母亲日夜流泪，但这学徒却不再出现在福州城里。

也频怀着一颗愉快的、战栗的心，也怀着那副沉重的金钏，皇皇然搭了去上海的海船。他睡在舱面上，望着无边翻滚的海浪，他不知应该怎么样。他曾想回去，把金钏还了别人，但他想起了他们对他的种种态度。可是他往哪里去呢？他要去做什么呢？他就这样离开了父母和兄弟们吗？海什么都不能告诉他，白云把他引得更远。他不能哭泣，他这时大约才十四五岁。船上没有一个他认识的人。他得想法活下去。他随船到了上海。随着船上的同乡住到一个福州人开的小旅馆。谁也相信他是来找他舅舅的。很多从旧戏上得到的一些社会知识，他都应用上了。他住在旅馆里好些天了，把平素积攒下来的几个钱用光了，把在出走前向他母亲要的几块钱也用光了，"舅舅"也没找着。他想去找事做，或者还当学徒，他一直也没有敢去兑换金钏，他总觉得这不是他自己的东西，他决不定究竟该不该用它。他做了一件英勇的事情，却又对这事情的本身有怀疑。

在小栈房的来客中，他遇到一个比他大不了一两岁的男孩子。他问明白了他是小有天酒馆的少东家，在浦东中学上学。他们做了朋友，他劝他到浦东中学去。他想起了他在家里所看见的那群拿白纸旗的学生来。他们懂得那样多，他们曾经在他们铺子外讲演，他们宣传反对帝国主义，反对卖国条约"二十一条"，他们是和金铺子里的掌柜、先生、顾主完全不同的人，也同他的父母是不同的人，虽然他们年纪小，个子不高，可是他们使他感觉是比较高大的人，是英雄的人物。他曾经很向往他们，现在他可以进学堂了，他向着他们的道路走去，向一个有学问、为国家、为社会的人物的道路走去。他是多么地兴奋，甚至不敢有太多的幻想啊！于是他兑换了金钏，把大部分钱存在银行，小部分交了学费，交了膳费，还了旅馆的债。他脱离了学徒生活，他曾经整整三年在那个金铺中；他脱离了一个流浪的乞儿生活，他成了一个学生了。他替自己起了一个名字叫胡崇轩。这大约是一九二〇年春天的事。

他在这里读书有一年多的样子，行踪终究被他父亲知道了。父亲从家乡赶到上海来看他，他不能责备儿子，也不能要儿子回去。也频如果回去了，首先得归还金铡，这数目他父亲是无法筹措的。他只得留在这里读书。父亲为他想了一个办法，托同乡关系把也频送到大沽口的海军学校，那里是免费的，这样他不特可以不愁学膳费，还可以找到一条出路。这样也频很快就变成一个海军学生了。他在这里学的是机器制造。他一点也没有想到他会与文学发生关系，他只想成为一个专门技术人材；同时也不会想到他与工人阶级革命有什么关系，他那时似乎很安心于他的学习。

他的钱快用完时，他的学习就停止了，海军学校停办。他到了北京。他希望能投考一个官费的大学，没有成功。他不能回家，又找不到事做，就流落在一些小公寓里。有的公寓老板简直无法把他赶出门，他常常帮助他们记账、算账、买点东西，晚上就替老板的儿子补习功课。他有一个同学是交通大学的学生，这人是一个地主的儿子，他很会用地主剥削农民的方法和也频交朋友。他因为不愿翻字典查生字，就叫也频替他查，预备功课，也频就常常每天替他查二三百生字，从东城到西城来。他有时留也频吃顿饭，还不断地把自己的破袜子旧鞋子给也频。也频就把他当着惟一可亲的人来往着。尤其是在冬天，他的屋子里是暖和的，也频每天冒着寒风跑来后，总可以在这暖和屋子待几个钟头，虽然当晚上回去时街道上奇冷。

除了这个地主儿子的朋友以外，他还有一个官僚儿子的朋友也救济过他。这个朋友，是同乡，也是同学；海军学校停办后，因为肺病，没有继续上学，住在北京家里休养。父亲是海军部的官僚。这个在休养中的年轻人常常感到生活的寂寞，需要有人陪他玩，他常常打电话来找也频，也频就陪他去什刹海，坐在芦席棚里，泡一壶茶。他喜欢旧诗，也做几句似通非通的《咏莲花》《春夜有感》的七绝和五言律诗，他要也频和他。也频无法也就只得胡诌。有时两人在那里联句。鬼混一天之后，他可以给也频一元钱的车钱。也频却走回去，这块钱就拿来解决很多问题。一直到也频把他介绍给我听的时候，还觉得他是一个很慷慨的朋友，甚至常常感激他。因为后来也频有一次被公寓老板追着要账，也频又害了很重的痢疾，去求他的时候，他曾用五十元大洋救了也频。可惜我一直没有见过，那原因还是因为我听了这些故事之后，曾把他这些患难时的恩人骂过，很不愿意也频再和他们来往；实际也有些过激的看法，由于生活的窄狭，眼界的窄狭，就有了那么窄狭的情感了。

穷惯了的人，对于贫穷也就没有什么恐慌。也频到了完全无法应付日子的时候，那两个朋友一些小小施予只能打发几顿饭、打发一点剃头、一点鞋袜而不能应付公寓的时候，他就把一件旧夹袍、两条单裤往当铺里一塞，换上一元多钱搭四等车、四等舱跑到烟台去了。烟台有一个他同学的哥哥在那里做官。他去做一种极不受欢迎的客人。他有时陪主人夫妇吃饭，主人要是有另外的客人，他就到厨房去和当差们一道吃饭。主人看见是兄弟的朋友，不便马上赶他走，他自己也没有什么不安，他还不能懂得许多世故，以为朋友曾经这样约过他的，他就不管。时间很长，他一个人拿几本从北京动身时借的小说到海边上去读。

蔚蓝的海水是那样的平稳，那样的深厚，广阔无边，海水洗去了他在北京时那种嗷嗷待哺、亟亟奔走的愁苦，海水给了他另一种雄伟的胸怀。他静静地躺在大天地中，听柔风与海浪低唱，领会自然。他更任思绪纵横，把他短短十几年的颠簸生活，慢慢在这里消化，把他仅有的一点知识，在这里凝聚。他感到了所谓人生了。他朦胧地有了些觉醒，他对生活有了些意图了。他觉得人不只是求生存的动物，人不应受造物的捉弄，人应该创造，创造生命，创造世界。在他的身上，有了新的东西的萌芽。他不是一个学徒的思想，也不是一个海军学生的思想，他只觉得他要起来，与白云一同变幻飞跃，与海水一道奔腾。于是他敞衣，跣足，遨游于烟台的海边沙滩上。

但这样的生活是不会长久下去的。主人不得不打发他走了。主人送他二三十元的路费，又给了他一些庸俗的箴言，好像是鼓励他，实际是希望他不要再来了。他拿了这些钱，笑了一笑，又坐上了四等舱。这一点点钱又可以使公寓老板把他留在北京几个月，他非常喜欢这些老板，觉得他们都是如何宽厚的人啊！

北京这个古都是一个学习的城，文化的城。那时北京有《晨报》副刊，后来又有《京报》副刊，常常登载一些名人的文章。公寓里住的大学生们，都是一些歌德的崇拜者，海涅、拜伦、济慈的崇拜者，鲁迅的崇拜者，这里常常谈起莫泊桑、契诃夫、易卜生、莎士比亚、高尔基、托尔斯泰……而这些大学生似乎对学校的功课并不十分注意，他们爱上旧书摊，上小酒馆，游览名胜，爱互相过从，寻找朋友，谈论天下古今，尤其爱提笔写诗，写文，四处投稿。也频在北京住着，既然太闲，于是也跑旧书摊（他无钱买书，就站在那里把书看个大半），也读起外国作品来了；在房子里还把《小说月报》上一些套色画片剪下来，贴在墙上。还有准备做诗人的一些青年人，也稍稍给他一些眼光，和几句应酬话。要做技术专家的梦，已经完全破灭，在每天都可以饿肚子的情况下，一些新的世界，古典文学，浪漫主义的生活情调与艺术气质，一天一天侵蚀着这个孤单的流浪青年，把他极简单的脑子引向美丽的、英雄的、神奇的幻想，而与他的现实生活并不相称。

一九二四年，他与另外两位熟人在《京报》编辑了一个一星期一张的附刊，名为《民众文艺周刊》。他在这上边用胡崇轩的名字发表过一两篇短篇小说和短文。他那时是倾向于《京报》副刊、鲁迅先生的，但他却因为稿件的关系，一下就和休芸芸（沈从文）成了文章的知己。我们也是在这年夏天认识的。由于我的出身、教育、生活经历，看得出我们的思想、性格、感情都不一样，但他的勇猛、热烈、执拗、乐观和穷困都惊异了我，虽说我还觉得他有些简单，有些蒙昧，有些稚嫩，但却是少有的"人"，有着最完美的品质的人。他还是一块毫未经过雕琢的璞玉，比起那些光滑的烧料玻璃珠子，不知高到什么地方去了。因此我们一下就有了很深的友谊。

我那时候的思想正是非常混乱的时候，有着极端的反叛情绪，盲目地倾向于社会革命，但因为小资产阶级的幻想，又疏远了革命的队伍，走入孤独的愤懑、挣扎和痛苦。所以我的狂狷和孤傲，给也频的影响是不好的。他沾染上了伤感与虚无。那一个时期他的诗，的确充满了这种可悲的感情。我们曾经很孤独地生活了一个时期。在这一个时期中，中国轰轰烈烈的大革命运动在南方如火如荼，而我们却蛰居北京，无所事事。也频日夜钻进了他的诗，我呢，只拿烦闷打发每一个日子。现在想来，该是多么可惋惜的啊！这一时期如果应该受到责备的话，那是应该由我来负责的。因为当我们认识的时候，我已经老早就进过共产党办的由陈独秀、李达领导的平民女子学校，和后来的上海大学。在革命的队伍中是有着我的老师、同学和挚友。我那时也曾经想南下过,却因循下去了。一直没有什么行动。

直到一九二七年,大革命失败,"四一二""马日事变"等等才打醒了我。我每天听到一些革命的消息,听到一些熟人的消息,许多我敬重的人牺牲了,也有朋友正在艰苦中坚持,也有朋友动摇了,我这时极想到南方去,可是迟了,我找不到什么人了。不容易找人了。我恨北京!我恨死了北京!我恨北京的文人、诗人!形式上我很平安,不大讲话,或者只像一个热情诗人的爱人或妻子,但我精神上苦痛极了。除了小说,我找不到一个朋友。于是我写小说了,我的小说就不得不充满了对社会的鄙视和个人孤独的灵魂的倔强挣扎。我的苦痛,和非常想冲破旧的狭小圈子的心情,也影响了也频。

一九二八年春天,我们都带着一种朦胧的希望到上海去了。开始的时候我们还只能个人摸索着前进,还不得不把许多希望放在文章上。我们两人加上沈从文,就从事于杂志编辑和出版工作。把杂志和出版处都定名为"红黑",就是带着横竖也要搞下去,怎么样也要搞下去的意思。后来还是因为种种原因不能坚持下去。但到上海后,我们的生活前途和写作前途都慢慢走上了一个新的方向。

也频有一点基本上与沈从文和我是不同的。就是他不像我是一个爱幻想的人,他是一个喜欢实际行动的人;不像沈从文是一个常处于动摇的人,既反对统治者(沈从文在年轻时代的确有过一些这种情绪),又希望自己也能在上流社会有些地位。也频却是一个坚定的人。他还不了解革命的时候,他就诅咒人生,讴歌爱情;但当他一接触革命思想的时候,他就毫不怀疑,勤勤恳恳去了解那些他从来也没有听到过的理论。他先是读那些马克思主义的文艺理论,后来也涉及其他的社会科学书籍。他毫不隐藏他的思想,他写了中篇小说《到莫斯科去》,那时我们三人的思想情况是不同的。沈从文因为一贯与"新月社""现代评论"派有些友谊,所以他始终羡慕绅士阶级,他已经不甘于一个清苦的作家的生活,也不大满足于一个作家的地位,他很想能当一个教授。他到吴淞中国公学去教书了。奇怪的是他下意识地对左翼的文学运动者们不知为什么总有些害怕。我呢,我自以为比他们懂得些革命,靠近革命,我始终规避着从文的绅士朋友,我看出我们本质上有分歧,但不愿有所争执,破坏旧谊,他和也频曾像亲兄弟过。但我也不喜欢也频转变后的小说,我常说他是"左"倾幼稚病。我想,要么找我那些老朋友去,完全做地下工作,要么写文章。我那时把革命与文学还不能很好地联系着去看,同时英雄主义也使我以为不搞文学专搞工作才是革命(我的确对从实际斗争上退到文学阵营里来的革命者有过一些意见),否则,就在文学上先搞出一个名堂来。我那时对于我个人的写作才能多少有些过分的估计,这样就不能有什么新的决定了。只有也频不是这种想法。他原来对我是无所批判的,这时却自有主张了,也常常感叹他与沈从文的逐渐不坚固的精神上有距离的友谊。他怎样也不愿失去一个困苦时期结识的挚友,不得不常常无言地对坐,或话不由衷。这种心情,他只能告诉我,也只有我懂得他。

办"红黑出版社"是一个浪漫的冒险行为,后来不能继续下去,更留给我们一笔不小数目的债务。也频为着还债,不得不一人去济南省立高中教书。一个多月以后,等我到济南时,也频完全变了一个人。我简直不了解为什么他被那么多的同学拥戴着。天一亮,他的房子里就有人等着他起床,到深夜还有人不让他睡觉。他是济南高中最激烈的人物,他成天宣传马克思主义,宣传唯物史观,宣传鲁迅与雪峰翻译的那些文艺理论,宣传普罗文学。我看见那样年轻的他,被群众所包围、所信仰,而他却是那样的稳重、自信、坚定,侃侃而谈,我说不出地欣喜。我问他:"你都懂得吗?"他答道:"为什么不懂得?我觉得要懂得马克思也很简单,首先是要你相信他,同他站在一个立场。"我不相信他的话,我觉得他很有味道。当时我的确是不懂得他的,一直到许久的后来,我才明白他的话,我才明白他为什么一下就能这样,这的确同他的出身、他的生活、他的品格有很大的关系。

后来他参加了学校里的一些斗争。他明白了一些教育界的黑幕,这没有使他消极,他更成天和学生们在一起。有些同学在他的领导下成立了一个文学研究会，参加的有四五百人，已经不是文学的活动，简直是政治的活动，使校长、训育主任都不得不出席，不得不说普罗文学了。我记得那是五月四日，全学校都轰动起来了。一群群学生到我们家里来。大家兴奋得无可形容。晚上，也频和我又谈到这事，同他一道去济南教书的董每戡也在一道。我们已经感觉到问题的严重性。依靠着我的经验，我说一定要找济南的共产党，取得协助，否则，我们会失败的。但济南的党怎样去找呢？究竟我们下学期要不要留在这里，都成问题。也频特别着急，他觉得他已经带上这样一个大队伍，他需要更有计划。他提议他到上海去找党，由上海的关系来找济南的党，请他们派人来领导，因为我们总不会长期留在济南，我们都很想回上海。我和董每戡不赞成，正谈得很紧张时，校长张默生来找也频了。张走后，也频告诉我们道："真凑巧，我正要去上海，他们也很同意，且送了路费。"我们不信，他就从口袋里掏出一卷钞票，是二百元。也频说："但是，我不想去了。我要留在这里看看。"我们还不能十分懂，也频才详细地告诉我们，说省政府已经通缉也频了，说第二天就来捉人，要抓的还有楚图南和学生会主席。何思源（教育厅长）透露了这个消息，所以校长甘冒风险，特为送了路费来，要他们事先逃走。看来这是好意。这个消息来得太突然，三个人都没有什么经验，也不懂什么惧怕。也频的意见是不走，或者过几天走，他愿意明白一个究竟，更重要的是他舍不得那些同学，他要向他们说明，要勉励他们。我那时以为也频不是共产党员，又没有做什么秘密组织工作，只宣传普罗文学难道有罪吗？后来还是学校里的另一个教员董秋芳来了，他劝我们走。董秋芳在同事之中是比较与我们靠近的，他自然多懂些世故。经过很久，才决定了，也频很难受地只身搭夜车去青岛。当我第二天也赶到时，知道楚图南和那学生会主席也都到了青岛，那年轻学生并跟着我们一同到了上海。

上海这年的夏天很热闹，刚成立不久的左翼作家联盟和社会科学家联盟等团体在上海都有许多活动。我们都参加了左联，也频并且在由王学文与冯雪峰负责的一个暑期讲习班文学组教书。他被选为左联的执行委员，担任工农兵文学委员会主席。他很少在家。我感到他变了，他前进了，而且是飞跃的。我是赞成他的，我也在前进，却是在爬。我大半都一人留在家里写我的小说《一九三〇年春上海》。

是八月间的事吧。也频忽然连我也瞒着参加了一个会议。他只告诉我晚上不回来，我没有问他。过了两天他才回来，他交给我一封瞿秋白同志写给我的信。我猜出了他的行动，知道他们会见了，他才告诉我果然开了一个会。各地的共产党负责人都参加了，他形容那个会场给我听。他们这会开得非常机密。他说，地点在一家很阔气的洋房子里，楼下完全是公馆样子。经常有太太们进进出出，打牌开留声机。外埠来的代表，陆续进去，进去后就关在三楼。三楼上经常是不开窗子的。上海市的同志最后进去。进去后就开会。会场挂满镰刀斧头红旗，严肃极了。会后是外埠的先走。至于会议内容，也频一句也没有告诉我，所以到现在我还不很清楚是一种什么性质的会。但我看得出这次会议更加引起了也频的浓厚的政治兴趣。

看见他那一股劲头，我常笑说："改行算了吧！"但他并不以为然，他说："更应当写了。以前不明白为什么要写，不知道写什么，还写了那么多，现在明白了，就更该写了。"他在挤时间，也就是说在各种活动、工作的短促的间歇中争取时间写他的长篇小说《光明在我们的前面》。

这一时期我们生活过得比以前任何时候都艰苦都严肃。以前当我们有了些稿费后，总爱一两天内把它挥霍去，现在不了，稿费收入也减少，有一点也放在那里。取消了我们的一切娱乐。直到冬天为了我的生产，让产期过得稍微好些，才搬了一个家，搬到环境房屋都比较好些的靠近法国公园的万宜坊。

阳历十一月七号，十月革命节的那天，我进了医院。八号那天，雷雨很大，九十点钟的时候，也频到医院来看我。我看见他两个眼睛红肿，知道他一夜没有睡，但他很兴奋地告诉我："《光明在我们的前面》已经完成了。你说，光明不是在我们前面吗？"中午我生下了一个男孩。他哭了，他很难得哭的。他是为同情我而哭呢，还是为幸福而哭呢？我没有问他。总之，他很激动地哭了。可是他没有时间陪我们，他又开会去了。晚上他没有告诉我什么，第二天他才告诉我，他在左联的全体会上，被选为出席苏维埃第一次代表大会的代表。并且他在请求入党。这时我也哭了，我看见他在许多年的黑暗中挣扎、摸索，找不到一条人生的路，现在找着了，他是那样有信心，是的，光明在我们前面，光明已经在我们脚下，光明来到了。我说："好，你走吧，我将一人带着小平。你放心！"

等我出医院后，我们口袋中已经一个钱也没有了。我只能和他共吃一客包饭。他很少在家，我还不能下床，小孩爱哭，但我们生活得却很有生气。我替他看稿子，修改里面的错字。他回来便同我谈在外面工作的事。他是做左联工农兵文学委员会工作的，他认识几个工人同志，他还把其中一个引到过我们家里。那位来客一点也不陌生，教我唱《国际歌》，喜欢我的小孩。我感到一种从来没有过的新鲜情感。

为着不得不雇奶妈，他把两件大衣都拿去当了。白天穿着短衣在外边跑，晚上开夜车写一篇短篇小说。我说："算了吧，你不要写那不好的小说了吧。"因为我知道他对他写的这篇小说并不感兴趣。他的情绪已经完全集中在去江西上面。我以为我可以起来写作了。但他不愿我为稿费去写作。从来也是这样的，当我们需要钱的时候，他就自己去写；只要我在写作的时候，他就尽量张罗，使家中生活过得宽裕些，或者悄悄去当铺，不使我感到丝毫经济压迫，有损我的创作心情。一直到现在，只要我有作品时，我总不能不想起也频，想起他对于我的写作事业的尊重，和尽心尽力的爱护与培养。我能把写作坚持下来，在开始的时候，在那样一段艰苦的时候，实在是因为有也频那种爱惜。

他的入党申请被批准了，党组织的会有时就来我们家里开。事情一天天明显，他又在上海市七个团体的会上被选上，决定要他去江西。本来商量我送小平回湖南，然后我们一同去的，时间来不及了。只好仍作他一人去的准备。后来他告诉我，如果我们一定要同去的话，冯乃超同志答应帮我们带孩子，因为他们也有一个孩子。这件事很小，也没成功，但当时我们一夜没睡，因为第一次感到同志的友情，阶级的友情，我也才更明白我过去所追求的很多东西，在旧社会中永远追不到，而在革命队伍里面，到处都有我所想象的伟大的情感。

这时沈从文从武汉大学来上海了。他看见也频穿得那样单薄，我们生活得那样窘，就把他一件新海虎绒袍子借给也频穿了。

一月十七号了，也频要走的日子临近了。他最近常常去苏维埃代表大会准备会的机关接头。我们一切都准备好了，只等着走。这天早晨，他告诉我要去开左联执委会，开完会后就去从文那里借两块钱买挽联布送房东，要我等他吃午饭。他穿着暖和的长袍，兴高采烈地走了。但中午他没有回来。下午从文来了，是来写挽联的。他告诉我也频十二点钟才从他那里出来，说好买了布就回来吃饭，并且约好他下午来写挽联。从文没有写挽联，我们无声地坐在房里等着。我没有地方可去，我不知道能够到哪里去找他。我抱着孩子,呆呆地望着窗外的灰色的天空。从文坐了一会儿走了。我还是只能静静地等着命运的拨弄。

天黑了,屋外开始刮起风来了。房子里的电灯亮了,可是却沉寂得像死了人似的。我不能待下去,又怕跑出去。我的神经紧张极了,我把一切想象都往好处想,一切好情况又都不能镇静下我的心。我不知在什么时候冲出了房,在马路上狂奔。到后来,我想到乃超的住处,便走到福煦路他的家。我看见从他住房里透出淡淡的灯光,去敲前门,没有人应;又去敲后门,仍是没有人应。我站在马路中大声喊,他们也听不见。街上已经没有人影,我再要去喊时,看见灯熄了。我痴立在那里,想着他们温暖的小房,想着睡在他们身旁的孩子,我疯了似的又跑了起来,跑回了万宜坊。房子里仍没有也频的影子,孩子乖乖地睡着,他什么也不知道啊!啊!我的孩子!

等不到天大亮,我又去找乃超。这次我走进了他的屋子,乃超沉默地把我带到冯雪峰的住处。他也刚刚起来,他也正有一个婴儿睡在床上。雪峰说,恐怕出问题了。柔石是被捕了,他昨天同捕房的人到一个书店找保,但没有被保出来。他们除了要我安心以外,没有旁的什么办法,他们自己每天也有危险在等着。我明白,我不能再难受了,我要挺起腰来,我要一个人生活。而且我觉得,这种事情好像许久以来都已经在等着似的,好像这并非偶然的事,而是必然要来的一样。那么,既然来了，就挺上去吧。我平静地到了家。我到家的时候，从文也来了，交给我一张黄色粗纸，上边是铅笔写的字，我一看就认出是也频的笔迹。我如获至宝，读下去，证实也频被捕了，他是在苏维埃代表大会准备会的机关中被捕的。他的口供是随朋友去看朋友。他要我们安心，要我转告组织，他是决不会投降的。他现住在老闸捕房。我紧紧握着这张纸，我能怎样呢？我向从文说："我要设法救他，我一定要把他救出来！"我才明白，我实在不能没有他，我的孩子也不能没有爸爸。

下午李达和王会悟把我接到他们家里去住，我不得不离开了万宜坊。第二天沈从文带了二百元给我，是郑振铎借给我的稿费，并且由郑振铎和陈望道署名写了一封信给邵力子，要我去找他。我只有一颗要救也频的心，没有什么办法，我决定去南京找邵力子。不知什么人介绍了一个可以出钱买的办法，我也去做，托了人去买。我又找了老闸捕房的律师，律师打听了向我说，人已转到公安局。我又去找公安局律师，回信又说人已转在龙华司令部。上海从十八号就雨雪霏霏，我因产后缺乏调理，身体很坏，一天到晚在马路上奔走，这里找人，那里找人，脚上长了冻疮。我很怕留在家里，觉得人在跑着，希望也像多一点似的。跑了几天，毫没有跑出一个头绪来。但也频的信又来了。我附了一个回信去，告诉他，我们很好，正在设法营救。第二天我又去龙华司令部看他。

天气很冷，飘着小小的雪花，我请沈从文陪我去看他。我们在那里等了一上午，答应把送去的被子、换洗衣服交进去，人不准见。我们想了半天，又请求送十元钱进去，并要求能得到一张收条。这时铁门前探监的人都走完了，只剩我们两人。看守答应了。一会儿，我们听到里面有一阵人声，在两重铁栅门里的院子里走过了几个人。我什么也没有看清，沈从文却看见了一个熟识的影子，我们断定是也频出来领东西，写收条，于是聚精会神地等着。果然，我看见他了，我大声喊起来："频！频！我在这里！"也频掉过头来，他也看见我了，他正要喊时，巡警又把他推走了。我对从文说："你看他那样子多有精神啊！"他还穿那件海虎绒袍子，手放在衣衩子里，像把袍子撩起来，免得沾着泥一样。后来我才明白他手为什么是那样，因为他为着走路方便，是提着镣走的。他们一进去就都戴着镣。也频也曾要我送两条单裤，一条棉裤给他，要求从裤腿到裤裆都用扣子，我那时一点常识也没有，不懂得为什么他要这种式样的裤子。

从牢里送一封信出来，要三元钱，带一封回信去，就要五元钱。也频寄了几封信出来，从信上情绪看来，都同他走路的样子差不多，很有精神。他只怕我难受，倒常常安慰我。如果我只从他的来信来感觉，我会乐观些的，但我因为在外边，我所走的援救他的路，都告诉我要援救他是很困难的。邵力子说他是无能为力的，他写了一封信给张群，要我去找这位上海市长，可是他又悄悄告诉旁人，说找张群也不会有什么用，他说要找陈立夫。那位说可以设法买人的也回绝了，说这事很难。龙华司令部的律师谢绝了，他告诉我这案子很重，二三十个人都上了脚镣手铐，不是重犯不会这样的。我又去看也频，还是没有见到，只送了钱进去，这次连影子也没有见到。天老是不断地下雨、下雪，人的心也一天紧似一天，永远有一块灰色的云压在心上。这日子真太长啊！

　　二月七号的夜晚，我和沈从文从南京搭夜车回来。沈从文是不懂政治的，他并不懂得陈立夫就是刽子手，他幻想国民党的宣传部长（那时是宣传部长）也许看他作家的面上，帮助另一个作家。我也太幼稚，不懂得陈立夫在国民党内究居何等位置。沈从文回来告诉我，说陈立夫把这案情看得非常重大，但他说如果胡也频能答应他出来以后住在南京，或许可以想想办法。当时我虽不懂得这是假话、是圈套，但我从心里不爱听这句话，我说："这是办不到的。也频决不会同意。他宁肯坐牢，死，也不会在有条件底下得到自由。我也不愿意他这样。"我很后悔沈从文去见他，尤其是后来，对国民党更明白些后，觉得那时真愚昧，为什么在敌人的屠刀下，希望他的伸援！从文知道这事困难，也就不再说话。我呢，似乎倒更安定了，以一种更为镇静的态度催促从文回上海。我感觉到事情快明白了，快确定了。既然是坏的，就让我多明白些，少去希望吧。我已经不做再有什么希望的打算。到上海时，天已放晴。看见了李达和王会悟，只惨笑了一下。我又去龙华，龙华不准见。我约了一个送信的看守人,我在小茶棚子里等了一下午,他借故不来见我。我又明白了些。我猜想,也频或者已经不在人世了,但他究竟怎样死的呢?我总得弄明白。

沈从文去找了邵洵美[①],把我又带了去,看见了一个相片册子,里面有也频,还有柔石。也频穿的海虎绒袍子,没戴眼镜,是被捕后的照像。谁也没说什么,我更明白了,我回家就睡了。这天夜晚十二点的时候,沈从文又来了。他告诉我确实消息,是二月七号晚上牺牲的,就在龙华。我说:"嗯!你回去休息吧。我想睡了。"

十号下午,那个送信的看守人来了,他送了一封信给我。我很镇静地接待他,我问也频现在哪里。他说去南京了,我问他带了铺盖没有,他有些狼狈。我说:"请你告诉我真情实况,我老早已经知道了。"他赶忙说,也频走时,他并未值班,他看出了我的神情,他慌忙道:"你歇歇吧!"他不等我给钱就朝外跑,我跟着追他,也追不到了。我回到房后,打开了也频最后给我的一封信。——这封信在后来我被捕时遗失了,但其中的大意我是永远记得的。

信的前面写上:"年轻的妈妈。"跟着他告诉我牢狱的生活并不枯燥和痛苦,有许多同志在一道。这些同志都有着很丰

---

① 邵洵美是当时上海"真、善、美"派的作家,他和那时的社会人物有交往。

富的生活经验,他天天听他们讲故事,他有强烈的写作欲望,相信可以写出更好的作品。他要我多寄些稿纸给他,他要写,他还可以记载许多材料寄出来给我。他既不会投降,他估计总得有那么二三年的徒刑。坐二三年牢,他是不怕的,他还很年轻。他不会让他的青春在牢中白白过去。他希望我把孩子送回湖南给妈妈,免得妨碍创作。孩子送走了,自然会寂寞些,但能创作,会更感到充实。他要我不要脱离左联,应该靠紧他们。他勉励我,鼓起我的勇气,担当一时的困难,并且指出方向。他的署名是"年轻的爸爸"。

他这封信是二月七日白天写好的。他的生命还那样美好,那样健康,那样充满了希望。可是就在那天夜晚,统治者的魔手就把那美丽的理想、年轻的生命给掐死了!当他写这封信时,他还一点也不知道黑暗已笼罩着他,一点也不知道他生命的危殆,一点也不知道他已经只能留下这一缕高贵的感情给那年轻的妈妈了!我从这封信回溯他的一生,想到他的勇猛,他的坚强,他的热情,他的忘我,他是充满了力量的人啊!他找了一生,冲撞了一生,他受过多少艰难,好容易他找到了真理,他成了一个共产党员,他走上了光明大道。可是从暗处伸来了压迫,他们不准他走下去,他们不准他活。我实在为他伤心,为这样年轻有为的人伤心,我不能自已地痛哭了!疯狂地痛哭了!从他被捕后,我第一次流下了眼泪,也无法停止这眼泪。李达先生站在我床头,不断地说:"你是有理智的,你是一个倔强的人，为什么要哭呀！"我说："你不懂得我的心，我实在太可怜他了。以前我一点都不懂得他，现在我懂得了，他是一个很伟大的人，但是，他太可怜了！……"李达先生说："你明白么？这一切哭泣都没有用处！"我失神地望着他："没有用处……"我该怎样呢，是的，悲痛有什么用！我要复仇！为了可怜的也频，为了和他一道死难的烈士。我擦干了泪，立了起来，不知做什么事好，就走到窗前去望天。天上是蓝粉粉的，有白云在飞逝。

后来又有人来告诉我，他们是被乱枪打死的，他身上有三个洞，同他一道被捕的冯铿身上有十三个。但这些话都无动于我了，问题横竖是一样的。总之，他一生就这样结束了。他用他的笔，他的血，替我们铺下了到光明去的路，我们将沿着他的血迹前进。这样的人，永远值得我纪念，永远为后代的模范。二十年来，我没有一时忘记过他。我的事业就是他的事业。他人是死了，但他的理想活着，他的理想就是人民的理想，他的事业就是人民的革命事业，而这事业是胜利了啊！如果也频活着，眼看着这胜利，他该是多么地愉快；如果也频还活着，他该对人民有多少贡献啊！

也频死去已经快满二十年，尸骨成灰。据说今年上海已将他们二十四个人的骸体发现刨出，安葬。我曾去信询问，直到现在还没结果。但我相信会有结果的。

文化部决定要出也频遗作选集。最能代表他后期思想的作品是《到莫斯科去》与《光明在我们的前面》，从这两部作品中看得出他的生活的实感还不够多，但热情澎湃，尤其是《光明在我们的前面》的后几段，我以二十年后的对生活、对革命、对文艺的水平来读它，仍觉得心怦怦然，惊叹他在写作时的气魄与情感。他的诗的确是写得好的，他的气质是更接近于诗的，我现在还不敢多读它。在那诗里面，他对于社会与人生是那样地诅咒。我曾想，我们那时代真是太艰难了啊！现在我还不打算选他的诗，等到将来比较空闲时，我将重新整理，少数的、哀而不伤的较深刻的诗篇，足可以选出一本来的。他的短篇，我以为大半都不太好，有几篇比较完整些，也比较有思想性，如放在这集里，从体裁、从作用看都不大适合，所以我没有选用。经过再三思考，决定先出这一本，包括两篇就够了，并附了一篇张秀中同志的批评文章，以看出当时对也频作品的一般看法。

时间虽说过了二十年，但当我写他生平时，感情仍不免有所激动，因为我不易平复这种感情，所以不免啰唆，不切要点。但总算完成了一件工作，即使是完成得不够好，愿我更努力工作来填满许多不易填满的遗憾。

一九五〇年十一月十五日于北京

我与雪峰的交往

我这个人有个大弱点,就是害怕斗争。我一辈子生活在斗争的旋涡里,可我很怕斗争。很多有关斗争的事情,我不是太清楚。三十年代我参加党,很快就被捕了。那时有人传说我死了。事实上呢,我只是离开了,在很多方面都离开了这个世界。后来我在延安,听从党的分配,做了一些事务性的工作。没有成绩。虽说写了几篇文章,不多,很少。我也不是搞理论的。关于文坛上的一些论争,我不愿讲,我现在讲的,就是雪峰和我个人的友谊。前天晚上我说,我们主要是文章上的知己。一九二七年,我在北京,没有参加社会活动,和过去的党员朋友、老师失掉了联系,寂寞得很。胡也频也一样,和我有同感。那个时候很年轻,也说不出道理来。胡也频就写诗啰!我被逼迫得没有办法,提起笔来写小说。

正在这个时候,王三辛(是我的一个朋友,他思想还是很进步的。是不是党员,我不清楚。可能是党员,但他没有告诉我)介绍冯雪峰给我们做朋友,教我日文。但教了一天,他不教了,我也不学了。我和胡也频都感到他比我们在北京的其他熟人——也是一些年轻的、写文章的朋友——高明!所以我们相处很好。他告诉我们，他是党员：啊呀，那个时候，我一听到是个共产党员，就觉得不知道得到多少安慰！我还是同一个共产党员做朋友了。因为我的老的共产党员的朋友，那时都不在我面前。

他先到上海，读到我的《莎菲女士日记》[①]后，给我写了一封长信，我那个时候写《莎菲》也有点像现在一些青年女作家一样，很出风头，很有读者。我收到很多很多来信。把我恭维到天上去了。当然高兴啰！冯雪峰也来了一封信，他说他是不大容易哭的，看了这篇小说他哭了。他不是为"莎菲"而哭，也不是为我而哭，他为这个时代而哭！他鼓励我再写小说。他对我的估价也是高的。但有一点是我当时接受不了的，他说："你这个小说，是要不得的！"虽说小说感动了他，但他说这篇小说是要不得的，因为是带着虚无主义倾向的。他以一个共产党员，满怀着对世界的光明的希望，他觉得"莎菲"不是他理想中的人物。对这封信，我很不高兴。因为人家都说好，他却说不好；尽管他哭了，他还说不好！这一点我印象很深，而且牢牢的。经常要想：是不是《莎菲》有不好的倾向？

后来我也到了上海。在到上海前，他就告诉我，现在上海很多人在打听丁玲是谁。一听这话，我就烦了。我这个人有点倔脾气，湖南人的倔脾气。我在社会上很苦闷，没有知心朋

[①] 下文均简称《莎菲》。

友。我的文章写出来了，人家过分地对我表示赞扬的时候，我又反感了。我想管我是谁呢！所以我告诉他，我不住在上海，我想到杭州去。我想躲起来，躲在一个地方写文章。冯雪峰就到了杭州，替我和胡也频找了几间房子，在玛瑙寺后的小山坡上，我们就住在那里，写文章：那个时候，胡也频也好，我也好，我们仍感觉到苦闷。希望革命，可是我们还有踌躇。总以为自己自由地写作，比跑到一个集体里面去，更好一些。我们并没有想着要参加什么，要回到上海。我们只是换了一个地方，仍然寂寞地在写文章。

后来，我们和沈从文搞"红黑出版社"。我们三人都不会做出版生意，老是赔钱。叫做"红黑出版社"，湖南话的意思是不管赔钱倒霉，反正要办下去。那个时候，胡也频比较用功地读了鲁迅、冯雪峰翻译的进步的文艺理论丛书。他开始在变，而且比我变得快。我过去比他革命些，跑到上海，作了李达和陈独秀的学生，成了瞿秋白、施存统的朋友。他过去却是同革命绝缘的。他读这些理论书，一天天地往左走。我们去到济南以后，胡也频就成了一个红色的教员了。在学校里宣传无产阶级文艺，那当然不行啰！结果被国民党通缉，我们两人连夜逃到上海。到上海后，不记得是第二天，或是第三天，冯雪峰来看我们来了，他请胡也频在左联办的暑期补习班里讲无产阶级文学、马列主义文艺思想。实际上他只读了几本书，懂得不多，但他就在那里大讲特讲："最近，我从一个法国作家那里听到,她很欣赏孔夫子的一句话:'朝闻道,夕死可矣!'"那个时候,革命青年真是有这么一点精神:朝闻道,夕死可矣!得到这个真理了,看准前途,就不顾一切地冲上去!就这样在国民党的专制统治下,胡也频在左翼作家里面成了第一批的牺牲者。他牺牲之后,我该怎么办?我本来在头一年就参加了左联,但我没有担任工作。因为那时身体不好,有了身孕,不愿意大着肚子满街跑,就在家里写文章。胡也频牺牲后,我就向左联提出来,要到苏区去。我说我要写文章,我要到工人那里去,农民那里去。可上海我能到哪里去呢?我能到工厂去吗?我不能到工厂去。哪里也去不了。我在一篇文章上回忆起潘汉年同志,那个时候潘汉年同志要我跟他走,做他所从事的工作。我心里想,我这个乡下人,湖南人,又倔,能做他那样的工作吗?我自知不行,不能做,我还是要求到苏区去。冯雪峰、潘汉年向上面请示,后来洛甫同志见了我,我坚决要到苏区去。洛甫同志说,可以考虑考虑,考虑好了,告诉我。但结果呢,仍是不同意我去。要我留在上海,编辑《北斗》。为什么要我来编呢?因为我在左联没有公开活动过,而且看起来我带一点资产阶级的味道,虽说我对旧的社会很不满,要求革命,但我的生活、思想、感情还有较浓厚的小资产阶级的味道。叫我来编辑《北斗》,不是因为我能干,而是因为左联里的有些人太红了,就叫我这样还不算太红的人来编辑《北斗》。这一时期我是属冯雪峰领导的。《北斗》的编辑方针,也是他跟我谈的,尽量地要把《北斗》办得像是个中立的刊物。因为你一红,马上就会被国民党查封。如左联的《萌芽》等好几个刊物,都封了。于是我就去找沈从文,当时沈从文是"新月派"的,我也找谢冰心、凌叔华、陈衡哲这样一些著名的女作家。这在当时谁也不会相信她们是左派。所以《北斗》开始几期,人家是摸不清的。撰稿人当中有的化名,外人一时也猜不着是谁。瞿秋白在这里发表不少文章就是用的化名。我编《北斗》有没有受到过左的干扰呢?有,我记得有些时候,有的文章,一发出去同我们原来想的好像有抵触。这不是又暴露了吗?我们原来不想暴露《北斗》是左联办的,但这种文章一发出去,就暴露了。结果,原来给我们写文章的一些人就不再给我写文章了。像郑振铎、洪深这一些老作家,本来是参加左联的;郁达夫,第一次左联开会有他,在这个时候,都不晓得到哪里去了。这时候,雪峰提出:还要想办法把这些人的文章找来。于是,我们想出个题目:请你们谈一谈对现在创作的意见——征文,这样有些人的名字又在《北斗》上出现了,显得我们这个刊物还是和很多著名作家有联系。那个时候冯雪峰在左联当书记,后来他调到文委工作,但是他还经常关心过问《北斗》的事。

说老实话,过去开会我是从来不发言的,总是坐在后头,一声不响,后来我参加演讲,参加活动,都是运动把我推上去的。有的人不敢讲,怕自己太红;有的太红了,不能去!于是就把我这个不算太红的人推上来了。那时候，我真不会讲。站在台上的时候，直发抖啊！前年蒋锡金对我说，当年他看到我在大夏大学讲演的时候，老在用左手摸面前的桌子；后来，戈宝权同志说我是用右手摸桌子。那时我一会儿大夏，一会儿光华，一会儿暨南几个大学到处讲演。这时上海有一个文化界救国会，参加的人各种党派都有，有国民党人，有第三种人，还有托派，里面左翼的、好的，是陈望道先生，是这个团体的头头，雪峰点名叫我、姚蓬子、沈起予三个人代表左联参加。讨论问题的时候只有我们三个人意见一致，别人都反对。表决时，看到人家是多数，沈起予就弃权，姚蓬子就跟着人家举手。我怎么样？我没办法，只好光荣地孤立，一个人反对。后来还得到雪峰的鼓励，他说："应该这个样子嘛！应该把你的意见讲出来，不应该跟人家走！"这对我是见世面，受锻炼。

我讲，《莎菲》他看了，给我写了一封很长的信。可惜这封信没有保留下来，在上海被捕的时候遗失了。三一年当我发表《水》的时候，雪峰又写了一篇评论：《新的小说的诞生》。《水》引起了文艺界的注意。接着很多人写了文章，讲了一些类似的好话。后来，他到江苏省委宣传部工作，我被提名担任左联的党团书记，我们就没有联系了。一九三三年我被捕了，我们就更无法联系。一九三六年我想方设法，花了很多时间，偷偷地跑到北平，想在北平找到党的关系，找到李达那里。李达第一句话就说："以后老老实实写文章！别再搞政治活动了，你不是那个材料。"原来我以为他一定认识得有党员的，但他不替我找，而且还警告我，真没办法。后来我听说曹靖华①在中国大学，我同曹靖华不认识，但是我想曹靖华那儿也是有希望的，我便去找曹靖华。先托人问他，说我要见他，能不能见？他说："欢迎。"我就见了曹靖华。曹靖华第一句话就问："你现在怎么样？"我说我现在太痛苦了。这时我就跟他讲这次是逃出来的，想找到共产党。可是他不认识党员，曹靖华自己也不是党员，他是瞿秋白、鲁迅的老朋友。他和我商量，他讲："你还是先回去，不能在北平久留，你赶快回去，我写信给鲁迅。"我们两个估计鲁迅那里一定有党的关系。这样，我就只好回南京等候信息，我回南京只过了几天，果然张天翼便来看我，给了我一张字条，是冯雪峰写的。冯雪峰说："听说你想出来，非常好，你跟张天翼商量怎么走。"以后张天翼就帮助我化装，他爱人陪着我，我们两个人到了上海。第二天或第三天，雪峰来看我。他看到我，第一句问："这几年怎么过的？"我想把什么话都跟他谈，然后大哭一场，痛痛快快地哭一场。我刚一哭，他马上把脸板起来了："你为什么老想着自己呢？世界上不是只你一个人孤独地在那里，还有很多人跟你一样的。"他这一句话，把我所有的眼泪

---

① 曹靖华（1897—1987），翻译家，散文家。20世纪30年代与鲁迅交往密切，结下了深厚的友谊。

都弄回去了。我是满腔的痛苦,他呢?就没有想到我的痛苦,而只想到别人去了。那我还有什么哭的呢?我当然不哭。接着他就慢慢地对我讲,讲长征,讲毛主席;后来,他请示了中央作了安排,把我送到延安,我们又没有联系了。以后我当然听到他的一些情况,他可能也知道我的一些情况。我知道他当时不痛快,他也知道我的艰难。但是,我们没有什么再说的了,也没有来往。

一九四六年时,他在国统区给我出版了一本《丁玲文集》。他在前面写了一篇文章,把我在延安时写的小说,加以评论。还是说好话,说我成熟了。

日本投降后,我到了张家口,他给我写了一封信,把他的书寄给我。我把他的书转给了毛主席。

全国解放,我们在北京又见到了。他第一句话就说:《太阳照在桑干河上》写得好!一九五二年他写了一篇评论文章。经过几十年的风风雨雨,评论我作品的文章很多,但是我觉得有些文章,都是在雪峰论文的基础上写的,难得有个别篇章、个别论点,是跨越了他的论述。一九五七年那一段时间,我们在北京,他搞文学出版社,我在作家协会,我们来往很少。五六年底或五七年初,传说五五年给我戴的反党帽子要摘掉,我的历史问题又作了结论的时候,我觉得没有什么可以顾虑的了,不会太多地连累人家的时候,我同陈明两个人去看了雪峰。我们感到他生活很寂寞,没有娱乐,只有工作。我们两个人买了四张戏票,给他们两张,我们两张,他们在楼下前排,我们两个在楼上,我们看了一次戏。

不久,天翻地覆。我每天看着他挨批,人家批他,他在那里检讨。他听着人家批我,我在那里检讨。我们大约成了完全不相知道的人了。我实在不知道他有那么多的"罪恶",他也不知道我有那么多的"罪恶",我们成了陌生人。从此我们没有再见面。

这是我们来往的始末。

人生啊,实在是太曲折了,也太痛苦了。我们要革命,要做工作。可是,我们不容易取得很好的条件和环境,发挥自己的能量。有时我们得在很重的压力底下,倔强地往上生长。我不能不想起一些事情。他主编《文艺报》是有人在会上提议我赞成的。因为我觉得我编《文艺报》不适合。我不是搞理论的,他是搞理论的。他编《文艺报》比我好。我向来是这样主张:我工作的时候,对我的工作我完全负责;当我不做这个工作别人在做的时候,我决不插手。所以,一九五一年雪峰接手编《文艺报》我就没有管《文艺报》的事。一九五四年批《文艺报》的贵族老爷态度。那时,我从外地刚回来,《文艺报》的副主编陈企霞也刚从外地回来,冯雪峰我还没有见着。当时我对作协党组的一位负责同志说,是不是我们开个党组会,在党组会上先谈一谈然后再拿到群众大会上去。那个大会是批胡风的。这时,我们这些党员都不知道会该怎么开,目的是什么，我们作为大会的一员坐在那里听。我想批胡风怎么批到《文艺报》贵族老爷呢，所以我提议，我们党内是不是先谈一谈哪？我觉得一个同志如果思想上有错误，我们应该批评他帮助他，而不是一下就拿到群众大会上批。但给我的答复是："我们再不搞这一套了！干吗要让他们事前有所准备呢？"那时我心里想，就是不让人家有准备，就要这么突然一下，闷头一棍。后来，很多人众口一词，都说冯雪峰用贵族老爷式态度对付文艺青年。一九七九年我回到北京，《文艺报》的两个老编辑曾经对我说，他们想投书党报，拨乱反正，澄清事实，说明冯雪峰当时非常热情地接待了李希凡、蓝翎这两位青年文艺工作者的，而且送他们到大门外，替他们叫三轮车，还付了车钱，并没有压制他们。冯对青年人是非常热情的。

冯雪峰是一个受得起委屈的人，勇于承认错误。只要有人（其实个人并不能代表党）对他说，他错了，他就会写检讨认错。如果人家对他表示一点点自我批评或检讨，他就会被感动，不会去计较人家的检讨是真是假。雪峰这个人值得我们怀念和研究，今年我们在他的家乡开研究会，我想将来会在杭州、上海和北京开研究会的。

一九八三年五月三十日

我所认识的瞿秋白同志
——回忆与随想

王剑虹

我首先要介绍的是瞿秋白的第一个爱人王剑虹。

一九一八年夏天,我考入桃源第一女子师范预科学习的时候,王剑虹已经是师范二年级的学生了,那时她的名字叫王淑璠。我们的教室、自修室相邻,我们每天都可以在走廊上相见。她好像非常严肃,昂首出入,目不旁视。我呢,也是一个不喜欢在显得有傲气的人的面前笑脸相迎的,所以我们从来都不打招呼。但她有一双智慧、犀锐、坚定的眼睛,常常引得我悄悄注意她,觉得她大概是一个比较不庸俗、有思想的同学吧。果然,在一九一九年五四运动爆发后,我们学校的同学行动起来时,王剑虹就成了全校的领头人物了。她似乎只是参与学生会工作的一个积极分子。但在辩论会上,特别是有校长、教员参加的一些辩论会上,她口若悬河的讲词和临机应变的一些尖锐、辟透的言论,常常激起全体同学的热情。她的每句话,都引起雷鸣般的掌声,把一些持保守思想、极力要稳住学潮、深怕发生越轨行为的老校长和教员们问得瞠目结舌，不知如何说，如何作是好了。这个时期，她给我的印象是极为深刻的。她像一团烈火，一把利剑，一支无所畏惧、勇猛直前的队伍的尖兵。后来，我也跟在许多同学的后边参加了学生会的工作，游行、开讲演会、教夜校的课，但我们两人仍没有说过话，我总觉得她是一个浑身有刺的人。她对我的印象如何，我不知道，也许她觉得我也是一个不容易接近的人吧。

这年暑假过后，我到长沙周南女子中学，后来又转岳云中学学习。在这两年半中，我已经把她忘记了。

一九二一年寒假，我回到常德，同我母亲住在舅舅家时，王剑虹同她的堂姑王醒予来看我母亲和我了。她们的姐姐都曾经是我母亲的学生，她们代表她们的姐姐来看我母亲，同时来动员我去上海，讲陈独秀、李达等创办的平民女子学校。原来，王剑虹是从上海回来的，她在上海参加了妇女工作，认得李达同志的爱人王会悟等许多人，还在上海出版的《妇女声》上写过文章。她热忱于社会主义，热忱于妇女解放，热忱于求知。她原是一个口才流利、很会宣传鼓动的人，而我当时正对岳云中学又感到失望，对人生的道路感到彷徨，所以我一下便决定终止在湖南的学业，同她冒险到一个熟人都没有的上海去寻找真理，去开辟人生大道。

从这时起，我们就成了挚友。我对她的个性也才有更深的认识。她是坚强的，热烈的。她非常需要感情，但外表却总是冷若冰霜。她是一个失去了母亲的女儿。我虽然从小就没有父亲，家境贫寒，但我却有一个极为坚毅而又洒脱的母亲，我从小就习惯从痛苦中解脱自己，保持我特有的乐观。……

但现实总是残酷的。我们碰到许多人，观察过许多人，我们自我斗争，但我们对当时的平民女校总感到不满，我们决定自己学习，自己遨游世界，不管它是天堂或是地狱。当我们把钱用光，我们可以去纱厂当女工、当家庭教师，或者当佣人、当卖花人，但一定要按照自己的理想去读书、去生活，自己安排自己在世界上所占的位置。

一九二三年夏天，我们两人到南京来了。我们过着极度俭朴的生活。如果能买两角钱一尺布做衣服的话，也只肯买一角钱一尺的布。我们没有买过鱼、肉，也没有尝过冰淇淋，去哪里都是徒步，把省下的钱全买了书。我们生活得很有兴趣，很有生气。

一天，有一个老熟人来看我们了。这就是柯庆施，那时大家叫他柯怪，是我们在平民女子学校时认识的。他那时常到我们宿舍来玩，一坐半天，谈不出什么理论，也谈不出什么有趣的事。我们大家不喜欢他。但他有一个好处，就是我们没有感到他来这里是想追求谁，想找一个女友谈谈恋爱，或是玩玩。因此，我们尽管嘲笑他是一个"烂板凳"（意思是说他能坐烂板凳），却并不十分给他下不去，他也从来不怪罪我们。这年，他不知从什么地方知道我们在这里，便跑来看我们，还雇了一辆马车，请我们去游灵谷寺。这个较远的风景区我们还未曾去过咧。跟着，第二个熟人也来了，是施复亮（那时叫施存统）。我们认为他是一个好人，他是最早把我们的朋友王一知（那时叫月泉）找去作了爱人的，他告诉我们他和一知的生活，他们已经有了一个女儿。这些自然引起了我们一些旧情，在平静的生活中吹起一片微波。后来，他们带了一个新朋友来，这个朋友瘦长个儿，戴一副散光眼镜，说一口南方官话，见面时话不多，但很机警，当可以说一两句俏皮话时，就不动声色地渲染几句，惹人高兴，用不惊动人的眼光静静地飘过来，我和剑虹都认为他是一个出色的共产党员。这个人就是瞿秋白同志，就是后来领导共产党召开八七会议、取代机会主义者陈独秀、后来又犯过盲动主义错误的瞿秋白；就是做了许多文艺工作、在文艺战线有过卓越贡献、同鲁迅建立过深厚友谊的瞿秋白；就是那个在国民党牢狱中从容就义的瞿秋白；就是那个因写过《多余的话》被"四人帮"诬为叛徒、掘坟扬灰的瞿秋白。

不久，他们又来过一次。瞿秋白讲苏联故事给我们听，这非常对我们的胃口。过去在平民女校时，也请另一位从苏联回来的同志讲过苏联情况。两个讲师人不一样，一个像瞎子摸象，一个像熟练的厨师剥笋。当他知道我们读过一些托尔斯泰、普希金、高尔基的书的时候，他的话就更多了。我们就像小时候听大人讲故事似的都听迷了。

他对我们这一年来的东流西荡的生活，对我们的不切实际的幻想，都抱着极大的兴趣听着、赞赏着。他鼓励我们随他们去上海，到上海大学文学系听课。我们怀疑这可能又是第二个平民女子学校，是培养共产党员的讲习班，但又不能认真地办。他们几个人都耐心解释，说这学校要宣传马克思主义，要培养年轻的党员，但并不勉强学生入党。这是一个正式学校，我们参加文学系可以学到一些文学基础知识，可以接触到一些文学上有修养的人，可以学到一点社会主义。又说这个学校原是国民党办的，于右任当校长，共产党在学校里只负责社会科学系，负责人就是他和邓中夏同志。他保证我们到那里可以自由听课，自由选择。施存统也帮助劝说，最后我们决定了。他们走后不几天，我们就到上海去了，这时瞿秋白同志大约刚回国不久。

上海大学

上海大学这时设在中国地界极为偏僻的青云路上。一幢幢旧的、不结实的弄堂房子，究竟有多大，我在那里住了半年也并不清楚，并不是由于它的广大，而是由于它不值得你去注意。我和王剑虹住在一幢一楼一底的一间小亭子间里，楼上楼下住着一些这个系那个系的花枝招展的上海女学生。她们看不惯我们，我们也看不惯她们，碰面时偶尔点点头，根本没有来往。只有一个极为漂亮的被称为校花的女生吸引我找她谈过次话，可惜我们一点共同的语言也没有。她问我有没有爱人，抱不抱独身主义。我说我从来没有想过这个问题，现在也不打算去想。她以为我是傻子，就不同我再谈下去了。

我们文学系似乎比较正规，教员不大缺课，同学们也一本正经地上课。我喜欢沈雁冰先生（茅盾）讲的《奥德赛》《伊利阿特》这些远古的、异族的极为离奇又极为美丽的故事。我从这些故事里产生过许多幻想，我去翻欧洲的历史、欧洲的地理，把它们拿来和我们自己民族的远古的故事来比较。我还读过沈先生在《小说月报》上翻译的欧洲小说。他那时给我的印象是一个会讲故事的人，但是不会接近学生。他从来不讲课外的闲话，也不询问学生的功课。所以我以为不打扰他最好。早先在平民女校教我们陀思妥耶夫斯基的《穷人》的英译本时，他也是这样。我同他较熟，后来我主编《北斗》时，常请教于他，向他要稿子。所以，他描写我过去是一个比较沉默的学生，那是对的。就是现在，当我感到我是在一个比我高大、不能平等谈话的人的面前，即便是我佩服的人时，我也常是沉默的。

王剑虹则欣赏俞平伯讲的宋词。俞平伯先生每次上课，全神贯注于他的讲解，他摇头晃脑，手舞足蹈，口沫四溅，在深度的近视眼镜里，极有情致地左右环顾；他的确沉醉在那些"独倚望江楼，过尽千帆皆不是……"既深情又蕴蓄的词句之中，他的神情并不使人生厌，而是感染人的。剑虹原来就喜欢旧诗旧词，常常低徊婉转地吟诵，所以她乐意听他的课，尽管她对俞先生的白话诗毫无兴趣。

田汉是讲西洋诗的，讲惠特曼、渥兹华斯，他可能是一个戏剧家，但讲课却不太内行。

其他的教员，陈望道讲古文，邵力子讲《易经》。因为语言的关系，我们不十分懂，就不说他了。

可是，最好的教员却是瞿秋白。他几乎每天上课后都来我们这里。于是，我们的小亭子间热闹了。他谈话的面很宽，他讲希腊、罗马，讲文艺复兴，也讲唐宋元明。他不但讲死人，而且也讲活人。他不是对小孩讲故事，对学生讲书，而是把我们当作同游者，一同游历上下古今，东南西北。我常怀疑他为什么不在文学系教书而在社会科学系教书，他在那里讲哲学，哲学是什么呢？是很深奥的吧，他一定精通哲学！但他不同我们讲哲学，只讲文学，讲社会生活，讲社会生活中的形形色色。后来，他为了帮助我们能很快懂得普希金的语言的美丽，他教我们读俄文的普希金的诗。他的教法很特别，稍学字母拼音后，就直接读原文的诗，在诗句中讲文法，讲变格，讲俄文用语的特点，讲普希金用词的美丽。为了读一首诗，我们得读二百多个生字，得记熟许多文法。但这二百多个生字、文法，由于诗，就好像完全吃进去了。当我们读了三四首诗后，我们自己简直以为已经掌握俄文了。

冬天的一天傍晚，我们与住在间壁的施存统夫妇和瞿秋白一道去附近的宋教仁公园散步赏月。宋教仁是老同盟会的，湖南人，辛亥革命后牺牲了的。我在公园里玩得很高兴，而且忽略了比较沉默或者有点忧郁的瞿秋白；后来施存统提议回家，我们就回来了，而施存统同瞿秋白却离开我们，没有告别就从另一条道走了。这些小事在我脑子里是不会起什么影响的。

第二天秋白没有来我们这里，第二天我在施存统家遇见他，他很不自然，随即走了。施存统问我："你不觉得秋白有些变化吗？"我摇摇头。他又说："我问过他，他说他确实堕入恋爱里边了。问他爱谁，他怎么也不说，只说："你猜猜。"我知道施先生是老实人，就逗他："他会爱谁？是不是爱上你的老婆了？一知是很惹人爱的，你小心点。"他翻起诧异的眼光看我，我笑着就跑了。

我对于存统的话是相信的。可能秋白爱上一个他的"德瓦利斯"，一个什么女士了。我把我听到的和我所想到的全告诉剑虹，剑虹回答我的却是一片沉默；于是我们的小亭子间寂寞。

过了两天，剑虹对我说，住在谢持家的（谢持是一个老国民党员）她的父亲要回四川，她要去看他，打算随他一道回四川。她说，她非常怀念她度过了童年时代的四川西阳。我要她对我把话讲清楚，她只苦苦一笑："一个人的思想总会有变化的，请你原谅我。"她甩开我就走了。

这是我们两年来的挚友生活中的一种变态。我完全不理解，我生她的气，我躺在床上苦苦思磨，这是为什么呢？两年来，我们之间从不秘密我们的思想，我们总是互相同情，互相鼓励的。她怎么能对我这样呢？她到底有了什么变化呢？唉！我这个傻瓜，怎么就毫无感觉呢？……

我正烦躁的时候，听到一双皮鞋声慢慢地从室外的楼梯上响了上来，无须我分辨，这是秋白的脚步声，不过比往常慢点，带点踌躇。而我呢，一下感到有一个机会可以发泄我几个钟头来的怒火了。我站起来，猛地把门拉开，吼道："我们不学俄文了，你走吧！再也不要来！"立刻就又把门猛然关住了。他的一副惊愕而带点傻气的样子留在我脑际，我高兴我做了一件有趣的事，得意地听着一双沉重的皮鞋声慢慢地远去。为什么我要这样恶作剧？这完全是无意识和无知的顽皮。

我无聊地躺在床上，等着剑虹回来。我并不想找什么，却偶然翻开垫被，真是使我大吃一惊，垫被底下放着一张布纹信纸，纸上密密地写了一行行长短诗句。自然，从笔迹、从行文，我一下就可以认出来是剑虹写的诗。她平日写诗都给我看，就放在抽屉里的，为什么这首诗却藏在垫被底下呢？我急急地拿来看，一行行一节节啊！我懂了，我全懂了，她是变了，她对我有隐瞒，她在热烈地爱着秋白。她是一个深刻的人。她不会表达自己的感情，她是一个自尊心极强的人，她可以把爱情关在心里，窒死她，她不会显露出来让人议论或讪笑的。我懂得她，我不生她的气了，我只为她难受。我把这诗揣在怀里，完全为着想帮助她、救援她，惶惶不安地在小亭子间里踱着。至于他们该不该恋爱，会不会恋爱，他们之间能否和谐，能否融洽，能否幸福，还有什么不妥之处，在我的脑子里没有生出一点点怀疑。剑虹啊！你快回来呀！我一定要为你做点事情。

她回来了，告诉我已经决定跟她父亲回四川，她父亲同意，可能一个星期左右就要成行了。她不征询我的意见，也不同我讲几句分离前应该讲的话，只是沉默着。我观察她，同她一道吃了晚饭。我说我去施存统家玩玩，丢下她就走了。

秋白的住地离学校不远，我老早就知道，只是没有去过。到那里时，发现街道并不宽，却是一排西式的楼房。我从前门进去，看见秋白正在楼下客堂间同他们的房东—— 一对表亲夫妇在吃饭。他看到我，立即站起来招呼，他的弟弟瞿云白赶紧走在前面引路，把我带到楼上一间比较精致的房间里，这正是秋白的住房。我并不认识他弟弟，他自我介绍，让我坐在秋白书桌前的一把椅子上，给我倒上一杯茶。我正审视房间的陈设时，秋白上楼来了，态度仍同平素一样，好像下午由我突然发出来的那场风暴根本没有一样。这间房以我的生活水平来看，的确是讲究的：一张宽大的弹簧床，三架装满精装的外文书籍的书橱，中间夹杂得有几摞线装书。大的写字台上，放着几本书和一些稿子、稿本和文房四宝；一盏笼着粉红色纱罩的台灯，把这些零碎的小玩意儿加了一层温柔的微光。

秋白站在书桌对面，用有兴趣的、探索的目光，亲切地望着我，试探着说道："你们还是学俄文吧，我一定每天去教。怎么，你一个人来的吗？"

他弟弟不知什么时候走开了。我无声地、轻轻地把剑虹的诗慎重地交给了他。他退到一边去读诗，读了许久，才又走过来，用颤抖的声音问道："这是剑虹写的？"我答道："自然是剑虹。你要知道，剑虹是世界上最珍贵的人。你走吧，到我们宿舍去，她在那里。我将留在你这里，过两个钟头再回去。秋白，剑虹是我最好的朋友，我不忍心她回老家，她是没有母亲的，你不也是没有母亲的吗？"秋白曾经详细地同我们讲过他的家庭，特别是他母亲吞火柴头自尽的事，我们听时都很难过。"你们将是一对最好的爱人，我愿意你们幸福。"

他握了一下我的手，说道："我谢谢你。"

等我回到宿舍的时候，一切都如我想象的，气氛非常温柔和谐，满桌子散乱着他们写的字，看来他们是用笔谈话的。他要走了，我从桌子前的墙上取下剑虹的一张全身像，送给了秋白。他把像片揣在怀里，望了我们两人一眼，就迈出我们的小门，下楼走了。

事情就是这样。自然，我们以后常去他家玩，而俄文却没有继续读下去了。她已经不需要读俄文，而我也没有兴趣坚持下去了。

慕尔鸣路

寒假的时候，我们搬到学校新址（西摩路）附近的慕尔鸣路。这里是一幢两楼两底的弄堂房子。施存统住在楼下统厢房，中间客堂间作餐厅。楼上正房住的是瞿云白，统厢房放着秋白的几架书，秋白和剑虹住在统厢房后面的一间小房里，我住在过街楼上的小房里。我们这幢房子是临大街的。厨房上边亭子间里住的是娘姨阿董。阿董原来就在秋白家帮工，这时，就为我们这一大家人做饭，收拾房子，为秋白夫妇、他弟弟和我洗衣服。施存统家也雇了一个阿姨，带小孩，做杂事。

这屋里九口之家的生活、吃饭等，全由秋白的弟弟云白当家，我按学校的膳宿标准每月交给他十元，剑虹也是这样，别的事我们全不管。这自然是秋白的主张，是秋白为着同剑虹的恋爱生活所考虑的精心的安排。

因为是寒假，秋白出门较少；开学以后，也常眷恋着家。他每天穿着一件舒适的、黑绸的旧丝棉袍，据说是他做官的祖父的遗物。他每天写诗，一本又一本，全是送给剑虹的情诗。也写过一首给我，说我是安琪儿，赤子之心，大概是表示感谢我对他们恋爱的帮助。剑虹也天天写诗，一本又一本。他们还一起读诗，中国历代的各家诗词，都爱不释手。他们每天讲的就是李白、杜甫、韩愈、苏轼、李商隐、李后主、陆游、王渔洋、郑板桥……秋白还会刻图章，他把他最喜爱的诗句，刻在各种各样的精致的小石块上。剑虹原来中国古典文学的基础就较好，但如此的爱好，却是因了秋白的培养与熏陶。

剑虹比我大两岁，书比我念的多。我从认识她以后，在思想兴趣方面受过她很大的影响，那都是对社会主义的追求，对人生的狂想，对世俗的鄙视。尽管我们表面有些傲气，但我们是喜群的，甚至有时也能迁就的。现在，我不能不随着他们吹吹箫、唱几句昆曲（这都是秋白教的），但心田却不能不因离开他们的甜蜜的生活而感到寂寞。我向往着广阔的世界，我怀念起另外的旧友。我常常有一些新的计划。而这些计划却只密藏在心头。我眼望着逝去的时日而深感惆怅。

秋白在学校的工作不少，后来又加上翻译工作，他给鲍罗廷当翻译可能就是从这时开始的。我见他安排得很好。他西装笔挺，一身整洁，精神抖擞，进出来往，他从不把客人引上楼来，也从不同我们（至少是我吧）谈他的工作，谈他的朋友，谈他的同志。他这时显得精力旺盛，常常在外忙了一整天，回来仍然兴致很好，同剑虹谈诗、写诗。有时为了赶文章，就通宵坐在桌子面前，泡一杯茶，点上支烟，剑虹陪着他。他一夜能翻译一万字，我看过他写的稿纸，一行行端端正正、秀秀气气的字，几乎连一个字都没有改动。

我不知道他怎样支配时间的，好像他还很有闲空。他们两人好多次到我那小小的过街楼上来座谈。因为只有我这间屋里有一个烧煤油的烤火炉，比较暖和一些。这个炉子是云白买给秋白和剑虹的，他们一定要放在我屋子里。炉盖上有一圈小孔，火光从这些小孔里射出来，像一朵花的光圈，闪映在天花板上。他们来的时候，我们总是把电灯关了，只留下这些闪烁的微明的晃动的花的光圈，屋子里气氛也美极了。他的谈锋很健，常常幽默地谈些当时文坛的轶事。他好像同沈雁冰、郑振铎都熟识。他喜欢徐志摩的诗。他对创造社的天才家们似乎只有对郁达夫还感到一点点兴趣。我那时对这些人、事、文章以及文学研究会和创造社的争论是没有发言权的。我只是一个小学生，非常有趣地听着。这是我对于文学上的什么浪漫主义、自然主义、写实主义以及为人生、为艺术等等所上的第一课。那时秋白同志的议论广泛，我还不能掌握住他的意见的要点，只觉得他的不凡，他的高超，他似乎是站在各种意见之上的。

有一次，我问他我将来究竟学什么好，干什么好，现在应该怎么搞。秋白毫不思考地昂首答道："你么，按你喜欢的去学，去干，飞吧，飞得越高越好，越远越好，你是一个需要展翅高飞的鸟儿，嘿，就是这样……"他的话当时给我无穷的信心，给我很大的力量。我相信了他的话，决定了自己的主张。他希望我，希望剑虹都走文学的路，都能在文学上有所成就。这是他自己向往的而又不容易实现的。他是自始至终与文学结下了不解之缘。他是一个文学家，他的气质，他的爱好都是文学的。他说他自己是一种历史的误会,我认为不是,他的政治经历原可以充实提高他的文学才能的,只要天假以年,秋白不是过早地离开我们,他定是大有成就的,他对党的事业将有更大的贡献。

这年春天,他去过一趟广州。他几乎每天都要寄回一封用五彩布纹纸写的信,还常夹得有诗。

暑假将到的时候,我提出要回湖南看望母亲,而且我已经同在北京的周敦祜、王佩琼等约好,看望母亲以后,就直接去北京,到学习空气浓厚的北京学府去继续读书。这是她们对我的希望,也是我自己的新的梦想。上海大学也好,慕尔鸣路也好,都使我厌倦了。我要飞,我要飞向北京,离开这个狭小的圈子,离开两年多一天也没有离开过、以前不愿离开的挚友王剑虹。我们之间,原来总是一致的,现在,虽然没有什么分歧,但她完全只是秋白的爱人,而这不是我理想的。我提出这个意见后,他们没有理由反对,他们同意了,然而,却都沉默了,都像有无限的思绪。

我走时,他们没有送我,连房门也不出,死一样的空气留在我的身后。阿董买了一篓水果,云白送我到船上。这时已是深夜,水一样的凉风在静静的马路上飘漾,我的心也随风流荡:"上海的生涯就这样默默地结束了。我要奔回故乡,我要飞向北方,好友咧!我珍爱的剑虹,我今弃你而去,你将随你的所爱,你将沉沦在爱情之中,你将随秋白走向何方呢？……"

暑　假

　　长江滚滚向东，我的船迎着浪头，驶向上游。我倚靠船栏，回首四顾，这是我有生以来第一次独自长途跋涉，我既傲然自得，也不免因回首往事而满怀惆怅。十九年的韶华，五年来多变的学院生活，我究竟得到了什么呢？我只朦胧地体会到人生的艰辛，感受到心灵的创伤。我是无所成就的，我怎能对得起我那英雄的、深情的母亲对我的殷切厚望啊！

　　在母亲身旁是可以忘怀一切的。我尽情享受我难得的那一点点幸福。母亲的学校放假了，老师、学生都回家了，只有我们母女留在空廓的校舍里。我在幽静的、无所思虑的闲暇之中度着暑假。

　　一天，我收到剑虹的来信，说她病了。这不出我的意料，因为她早就说她有时感到不适，她自己并不重视，也没有引起秋白、我或旁人的注意。我知道她病的消息之后，还只以为她因为没有我在身边才对病有了些敏感的缘故，我虽不安，但总以为过几天就会好的。只是秋白却在她的信后附写了如下的话，大意是这样："你走了，我们都非常难受，我竟哭了，这是我多年没有过的事。我好像预感到什么不幸。我们祝愿你一切成功，一切幸福。"

我对他这些话是不理解的,因此,我对秋白好像也不理解了。预感到什么不幸呢,预感到什么可怕的不幸而哭了呢?有什么不祥之兆呢?不过我究竟年轻,这事并没有放在心头,很快就把它忘了。我正思虑着做新的准备,怎么说服我的母亲,使她同我一样憧憬着到古都去的种种好处,母亲对我是相信的,但她也有种种顾虑。

又过了半个月的样子,忽然收到剑虹堂妹从上海来电:"虹姊病危,盼速来沪!"

这真像梦一样,我能相信吗,而且,为什么是她的堂妹来电呢?我实在不知道该怎么样才好。千般思虑,万般踌躇,我决定重返上海。我母亲是非常爱怜剑虹的,急忙为我筹措路费,整理行装,我只得离开我刚刚领略到温暖的家,而又匆匆忙忙独自奔上惶惶不安的旅途。

我到上海以后,时间虽只相隔一月多,慕尔鸣路已经完全变了样子,"人去楼空"。我既看不到剑虹——她的棺木已经停放在四川会馆;也见不到秋白,他去广州参加什么会去了;剑虹的两个堂妹,只以泪脸相迎;瞿云白什么都讲不出个道理来,默默地望着我。难道是天杀了剑虹吗,是谁夺去了她的如花的生命?

秋白用了一块白绸巾包着剑虹的一张照片,就是他们定情之后,我从墙上取下来送给秋白的那张。他在照片背后题了一首诗,开头写道:"你的魂儿我的心。"这是因为我平常叫剑虹常常只叫"虹"，秋白曾笑说应该是"魂"，而秋白叫剑虹总是叫"梦可"。"梦可"是法文"我的心"的译音。诗的意思是说我送给了他我的"魂儿"，而他的心现在却死去了，他难过，他对不起剑虹，对不起他的心，也对不起我……

我看了这张照片和这首诗，心情复杂极了，我有一种近乎小孩的简单感情。我找他们的诗稿，一本也没有了；云白什么也不知道，是剑虹焚烧了呢，还是秋白秘藏了呢？为什么不把剑虹病死的经过，不把剑虹临终时的感情告诉我？就用那么一首短诗作为你们半年多来的爱情的总结吗？慕尔鸣路我是不能再待下去了！我把如泉的泪水，洒在四川会馆，把沉痛的心留在那凄凉的棺柩上。我像一个受了伤的人，同剑虹的堂妹们一同坐海船到北京去了。我一个字也没有写给秋白，尽管他留了一个通信地址，还说希望我写信给他。我心想：不管你有多高明，多么了不起，我们的关系将因为剑虹的死而割断，虽然她是死于肺病，但她的肺病从哪儿来，不正是从你那里传染来的吗？……

谜似的一束信

新的生活总是可爱的。在北京除了旧友王佩琼（女师大的学生）、周敦祜（北大旁听生）外，我还认识了新友谭慕愚（现在叫谭惕吾，那时是北大三年级的学生）、曹孟君（我们同住在辟才胡同的一个补习学校里）。我们相处得很投机，我成了友谊的骄子。有时我都不理解她们为什么对我那么好。此外，我还有不少喜欢我或我喜欢的人，或者只是相亲近的一般朋友。那时，表面上，我是在补习数、理、化，实际我在满饮友谊之酒。我常常同这个人在北大公主楼（在马神庙）的庭院中的月下，一坐大半晚，畅谈人生；有时又同那个人在朦朦胧胧的夜色中漫步陶然亭边的坟地，从那些旧石碑文中寻找诗句。我徜徉于自由生活，只有不时收到的秋白来信才偶尔扰乱我的愉悦的时光。这中间我大约收到过十来封秋白的信，这些信像谜一样，我一直不理解，或者是似懂非懂。在这些信中，总是要提到剑虹，说对不起她。他什么地方对不起她呢，他几乎每封信都责骂自己，后来还说，什么人都不配批评他，因为他们不了解他，只有天上的"梦可"才有资格批评他。那么，他是在挨批评了，是什么人在批评他，批评他什么呢？这些信从来没有直爽地讲出他心里的话，他只把我当作可以了解他心曲的，可以原谅他的那样一个对象而絮絮不已。我大约回过几次信，淡淡地谈点有关剑虹的事，谈剑虹的真挚的感情，谈她的文学上的天才，谈她的可惜的早殇，谈她给我的影响，谈我对她的怀念。我恍惚地知道，此刻我所谈的，并非他所想的，但他现在究竟在想什么，为什么所苦呢？他到底为什么要那么深地嫌厌自己，责骂自己呢？我不理解，也不求深解，只是用带点茫茫然的心情回了他几封信。

是冬天了，一天傍晚，我走回学校，门房拦住我，递给我一封信，说："这人等了你半天，足有两个钟头，坐在我这里等你，说要你去看他，地址都写在信上了吧！"我打开信，啊！原来是秋白。他带来了一些欢喜和满腔希望，这回他可以把剑虹的一切，死前的一切都告诉我了。我匆匆忙忙吃了晚饭，便坐车赶到前门的一家旅馆。可是他不在，只有他弟弟云白在屋里，在翻阅他哥哥的一些什物，在有趣地寻找什么，后来，他找到了，他高兴地拿给我看。原来是一张女人的照片。这女人我认识，她是今年春天来上海大学，同张琴秋同时入学的。剑虹早就认识她，是在我到上海之前，她们一同参加妇女活动中认识的。她长得很美，与张琴秋同来过慕尔鸣路，在施存统家里，在我们楼下见到过的。这就是杨之华同志，就是一直爱护着秋白的，他的爱人，他的同志，他的战友，他的妻子。一见这张照片我便完全明白了，我没有兴趣打听剑虹的情况了，不等秋白回来，我就同云白告辞回学校了。

我的感情很激动，为了剑虹的爱情，为了剑虹的死，为了我失去了剑虹，为了我同剑虹的友谊，我对秋白不免有许多怨气。我把我全部的感情告诉了谭惕吾，她用冷静的态度回答我，告诉我这不值得难受，她要我把这一切都抛向东洋大海，抛向昆仑山的那边。她讲得很有道理，她对世情看得真透彻，我听了她的，但我却连她也一同疏远了。我不喜欢这种透彻，我不喜欢过于理智。谭惕吾一直也不理解我对她友谊疏远的原因。甚至几十年后我也顽固地坚持这种态度,我个人常常被一种无法解释的感情支配着,我再没有去前门旅舍,秋白也没有再来看我。我们同在北京城,反而好像不相识一样。

又过了一个多月,我忽然收到一封从上海发来的杨之华给秋白的信,要我转交。我本来可以不管这些事,但我一早仍去找到了夏之栩同志。夏之栩是党员,也在我那个补习学校,她可能知道秋白的行踪。她果然把我带到当时苏联大使馆的一幢宿舍里:我们走进去时,里边正有二十多人在开会,秋白一见我就走了出来,我把信交给他,他一言不发。他陪我到他的住处,我们一同吃了饭,他问我的同学,问我的朋友们,问我对北京的感受,就是一句也不谈到王剑虹,一句也不谈杨之华。他告诉我他明早就返上海,云白正为他准备行装,我好像已经变成了一个老人,静静地观察他。他对杨之华的来信一点也不惊慌,这是因为他一定有把握。他为什么不谈到剑虹呢?他大约认为谈不谈我都不相信他了。那么,那些信,他都忘记了么?他为什么一句也不解释呢?我不愿同他再谈剑虹了。剑虹在他已成为过去了!去年这时,他是一种怎样的情景,如今,过眼云烟,他到底有没有感触?有什么感触?我很想了解,想从他的行动中来了解,但很失望。晚上,他约我一同去看戏,说是梅兰芳的老师陈德霖的戏。我从来没有进过戏院,那时戏院是男女分坐,我坐在这边的包厢,他们兄弟坐在对面包厢,但我们都没有看戏。我实在忍耐不住这种闷葫芦,我不了解他，我讨厌戏院的嘈杂，我写了一个字条托茶房递过去，站起身就不辞而别，独自回学校了。从此我们没有联系，但这一束信我一直保存着作为我研究一个人的材料。一九三三年在上海时，我曾把这些信同其他的许多东西放在我的朋友王会悟那里。同年我被捕后，雪峰、适夷把这些东西转存在他们的朋友谢澹如①家。解放以后，谢先生把这些东西归还了我。我真是感谢他，但这一束信，却没有了。这些信的署名是秋白，而在那时，如果有谁那里发现瞿秋白这几个字是可以被杀头的。我懂得这种情况，就没有问。这一束用五色布纹纸写的工工整整秀秀气气的书信，是一束非常有价值的材料。里边也许没有宏言谠论，但可以看出一个伟大人物性格上的、心理上的矛盾状态。这束信没有了，多么可惜的一束信啊！

韦　护

我写的中篇小说《韦护》是一九二九年末在《小说月报》上发表的。韦护是秋白的一个别名。他是不是用这个名字发表过文章我不知道。他曾用过"屈维陀"的笔名，他用这个名字时曾对我说，韦护是韦陀菩萨的名字，他最是疾恶如仇，他看

---

① 谢澹如，一位在艰难时期在上海同情党，支持党的非党人士。中华人民共和国成立后，曾任上海鲁迅纪念馆馆长。

见人间的许多不平就要生气，就要下凡去惩罚坏人，所以韦陀菩萨的神像历来不朝外，而是面朝着如来佛，只让他看佛面。

我想写秋白、写剑虹，已有许久了。他的矛盾究竟在哪里，我模模糊糊地感觉一些。但我却只写了他的革命工作与恋爱的矛盾。当时，我并不认为秋白就是这样，但要写得更深刻一些却是我力量所达不到的。我要写剑虹，写剑虹对他的挚爱。但怎样结局呢？真的事实是无法写的，也不能以她的一死了事。所以在结局时，我写她振作起来，重新鼓起生活的勇气战斗下去。因为她没有失恋，秋白是在她死后才同杨之华同志恋爱的，这是无可非议的。自然，我并不满意这本书，但也不愿舍弃这本书。韦护虽不能栩栩如生，但总有一些影子可供我自己回忆，可以作为后人研究的参考资料。

一九三〇年，胡也频参加党在上海召开的一个会议，在会上碰到了秋白。秋白托他带一封信给我。字仍是写得那样工工整整秀秀气气，对我关切很深。信末署名赫然两个字"韦护"。可惜他一句也没有谈到对书的意见。他很可能不满意《韦护》，不认为《韦护》写得好，但他却用了"韦护"这个名字。难道他对这本书还寄有深情吗？尽管书中人物写得不好、不像，但却留有他同剑虹一段生活的遗迹。尽管他们的这段生活是短暂的，但过去这一段火一样的热情，海一样的深情，光辉、温柔、诗意浓厚的恋爱，却是他毕生也难忘的。他在他们两个最醉心的文学之中的酬唱，怎么能从他脑子中划出去？他是酷爱文学的，在这里他曾经任情滋长，尽兴发挥，只要他仍眷恋文学，他就会想起剑虹，剑虹在他的心中是天上的人儿，是仙女（都是他信中的话）；而他后来毕生从事的政治生活，却认为是凡间人生，是见义勇为，是牺牲自己为人民，因为他是韦护，是韦陀菩萨。

这次我没有回他的信，也无法回他的信，他在政治斗争中的处境，我更无从知道。但在阳历年前的某一个夜晚，秋白和他的弟弟云白到吕班路我家里来了。来得很突然，不是事先约好的。他们怎么知道我家地址的，至今我也记不起来。这突然的来访使我们非常兴奋，也使我们狼狈。那时我们穷得想泡一杯茶招待他们也不可能，家里没有茶叶，临时去买又来不及了。他总带点抑郁，笑着对我说："士别三日，当刮目相看，你现在是一个有名的作家了。"他说这些话，我没有感到一丝嘲笑，或是假意的恭维。他看了我的孩子，问有没有名字。我说，我母亲替他取了一个名字，叫祖林。他便笑着说："应该叫韦护，这是你又一伟大作品。"我心里正有点怀疑，他果真喜欢《韦护》吗？而秋白却感慨万分地朗诵道："田园将芜胡不归！"我一听，我的心情也沉落下来了。我理解他的心境，他不是爱《韦护》，而是爱文学。他想到他心爱的东西，他想到多年来对于文学的荒疏。那么，他是不是对他的政治生活有些厌倦了呢，后来，许久了，当我知道一点他那时的困难处境时，我就更为他难过。我想，一个复杂的人，总会有所偏，也总会有所失。在我们这样变化激剧的时代里，个人常常是不能左右自己的。那时我没有说什么，他则仍然带点忧郁的神情，悄然离开了我们这个虽穷却是充满了幸福的家。他走后，留下一缕惆怅在我心头。我想，他也许会想到王剑虹吧，他若有所怀念，却更只能埋在心头，同他热爱的文学一样，成为他相思的东西了吧。

金黄色的生活

一九三一年，我独自住在环龙路的一家三楼上。我无牵无挂，成天伏案书写。远处虽有城市的噪声传来，但室内只有自己叹息的回音，连一点有生命的小虫似乎也全都绝迹了。这不是我的理想，我不能长此离群索居，我想并且要求到江西苏区去。但后来，还是决定我留在上海，主编左联的机关刊物《北斗》。我第一次听从组织的分配，兴致勃勃地四处组稿，准备出版。这时雪峰同志常常给我带来鲁迅和秋白的稿件，我对秋白的生活才又略有所知。这时秋白匿住在中国地带上海旧城里的谢澹如家：这地址，只有雪峰一人知道，他常去看他，给他带去一些应用的东西。为了解除秋白的孤寂，雪峰偶尔带着他，趁着夜晚，悄悄去北四川路鲁迅家里。后来，他还在鲁迅家里住了几天。再后来，雪峰在鲁迅家的附近，另租了一间房子，秋白搬了过去，晚上常常去鲁迅家里畅谈。他那时开始为

《北斗》写"乱弹"，用司马今的笔名，从第一期起，在《北斗》上连载。"乱弹"内容涉及很广，对当时政治的腐败、社会的黑暗等，都加以讽刺，给予打击。后来又翻译下很多稿件，包括卢那卡尔斯基的《解放了的董吉歌德》。特别使人印象深刻的是他写的评"自由人"胡秋原和"第三种人"苏汶等的论文，词意严正，文笔锋利。秋白还大力提倡大众文学，非常重视那些在街头书摊上的连环图画、说唱本本等。他带头用上海方言写了大众诗《东洋人出兵》，这在中国文学运动史上是创举。在他的影响下，左联的很多同志也大胆尝试，周文同志把《铁流》与《毁灭》改写为通俗本，周文后来到了延安，主持《边区群众报》，仍旧坚持大众化工作。

秋白还阐述了马克思、恩格斯的现实主义文学理论。他论述的范围很广，世界的，苏联的，中国的。他的脑子如同一个行进着的车轴，日复一日地在文学问题上不停地旋转，而常常发出新论、创见。为了普及革命文化，秋白还用了很多时间研究我国文字拉丁化问题。

以前，我读过《海上述林》，最近我又翻阅了《瞿秋白文集》。他是一个多么勤奋的作家啊！他早在苏联的时候，一直是那么不倦地写呀，译呀。而三十年代初，他寄住在谢澹如家，躲在北四川路的小室里，虽肺病缠身，但仍是日以继夜地埋头于纸笔之中，他既不忘情于社会主义的苏联，又要应付当时党内外发生的许多严重复杂的问题，他写的比一个专业作家还多得多啊!

他同鲁迅的友谊是光辉的、战斗的、崇高的、永远不可磨灭的友谊。他们互相启发,互相砥砺。他们在文学上是知己,在政治斗争上也是知己。他为鲁迅的杂文集作序,对鲁迅的杂文,对鲁迅几十年的斗争,最早作了全面的、崇高的评价。他赞誉鲁迅"是封建宗法社会的逆子,是绅士阶级的贰臣,而同时也是一些浪漫蒂克的革命家的诤友"!他是鲁迅的好友,但他在与世诀别的时候,还说自己"一生没有什么朋友",以维护鲁迅的安全。鲁迅也在自己病危之际,为他整理旧稿,出版《海上述林》。这都是我们文坛上可歌可泣的、少有的动人佳话。秋白这一时期的工作成绩是惊人的,他矢志文学的宿愿在这时实现了。我想,这大概是他一生中最称心的时代,是黄金时代。

可惜,这个时代不长。一九三四年初,他就不得不撤出上海,转移到中央苏区去了。他到了苏区,主管苏区的文化教育工作,他尽可能去接近农民,了解农民的生活。这在他是一件了不起的大事。秋白过去是没有条件接近农民的。这正是秋白有意识地要弥补自己的知识分子的缺点,有心去实践艰苦的脱胎换骨的自我改造。他在苏区还继续努力推行文艺大众化。后来,如果他能跟随红军主力一起长征,能够与红军主力一起到达陕北,则他的一生,我们党的文艺工作,一定都将是另一番景象。这些想象在我脑子中不知萦回过多少次,只是太使人痛心了，他因病留在苏区，终遭国民党俘获杀害了。

在这个期间，我在鲁迅家里遇见秋白一次，之华同志也在座。一年来，我生活中的突变，使我的许多细腻的感情都变得麻木了。我们之间的谈话，完全只是一个冷静的编辑同一个多才的作家的谈话。我一点也没有注意他除此之外的任何表情，他似乎也只是在我提供的话题范围之内同我交谈。我对他的生活，似乎是漠不关心的。他对我的遭遇应该有所同情，但他也噤若寒蝉，不愿触动我一丝伤痛的琴弦，但世界上常常有那么凑巧的事：一九三二年"一·二八"后，我要求参加共产党，很快被批准了。可能是三月间，在南京路大三元酒家的一间雅座里举行入党仪式。同时入党的有叶以群、田汉、刘风斯等。主持仪式的是文委负责人潘梓年。而代表中央宣传部出席的、使我赫然惊讶的却是瞿秋白。我们全体围坐在圆桌周围，表面上是饮酒作乐，而实际是在举行庄严的入党仪式。我们每个人叙述个人入党的志愿。我记得非常清楚，我说的主要意思是，过去曾经不想入党，只要革命就可以了；后来认为，做个左翼作家也就够了；现在感到，只作党的同路人是不行的。我愿意做革命、做党的一颗螺丝钉，党要把我放在哪里，我就在哪里；党需要我做什么，就做什么。潘梓年、瞿秋白都讲了话，只是一般的鼓励。

《多余的话》

我第一次读到《多余的话》是在延安。洛甫同志同我谈到，有些同志认为这篇文章可能是伪造的。我便从中宣部的图书室借来一本杂志，上面除这篇文章外，还有一篇描述他就义的情景。我读着文章仿佛看见了秋白本人，我完全相信这篇文章是他自己写的（自然不能完全排除敌人有篡改过的可能）。那些语言，那种心情，我是多么熟悉啊！我一下就联想到他过去写给我的那一束谜似的信。在那些信里他也倾吐过他这种矛盾的心情，自然比这篇文章要轻微得多，也婉转得多。因为那时他工作经历还不多，那时的感触也只是他矛盾的开始，他无非是心有所感而无处倾吐，就暂时把我这个无害于他的天真的、据他说是拥有赤子之心的年幼朋友，作为一个可以听听他的感慨的对象而忘情地剖析自己，尽管是迂回婉转，还是说了不少的过头话，但还不像后来的《多余的话》那样无情地剖析自己，那样大胆地急切地向人民、向后代毫无保留地谴责自己。我读着这篇文章非常难过，非常同情他，非常理解他，尊重他那时的坦荡胸怀。我也自问过：何必写这些《多余的话》呢？我认为其中有些话是一般人不易理解的，而且会被某些思想简单的人、浅薄的人据为话柄，发生误解或曲解。但我决不会想到后来"四人帮"竟因此对他大肆诬蔑，斥他为叛徒，以至挖坟掘墓、暴骨扬灰。他生前死后的这种悲惨遭遇，实在令人愤慨、痛心!

最近，我又重读了《多余的话》，并且读了《历史研究》一九七九年第三期陈铁健同志写的重评《多余的话》的文章。这篇文章对秋白一生的功绩、对他的矛盾都作了仔细的分析和恰当的评价，比较全面，也相对公正。在这里我想补充一点我的感觉，我觉得我们当今这个世界是不够健全的，一个革命者，想做点好事，总会碰到许多阻逆和困难。革命者要熬得过、斗得赢这些妖魔横逆是不容易的，各人的遭遇和思想也是不一样的。比如秋白在文学与政治上的矛盾，本来是容易理解的，但这种矛盾的心境，在实际上是不容易得到理解、同情或支持的。其实，秋白对政治是极端热情的，他对马克思主义的信仰是坚定不移的。他从开始研究马克思主义，就"对于社会主义或共产主义的终极理想，都比较有兴趣"。"马克思主义告诉我要达到这样的最终目的，客观上无论如何也逃不了最尖锐的阶级斗争，以至无产阶级专政——也就是无产阶级统治国家的一个阶段。为着要消灭国家，一定要先组织一时期的新式国家，为着要实现最彻底的民权主义（也就是无所谓民权的社会），一定要先实行无产阶级的民权。这表面上自相矛盾而实际上很有道理的逻辑——马克思主义所谓辩证法——使我很觉得有趣。"秋白临终，还坚定明确地表示："要说我已经放弃了马克思主义，也是不确的。""我的思路已经在青年时期走上了马克思主义的初步，无从改变。"他毕生从事政治斗争，就是由于他对马克思主义的信仰。为了政治活动，他不顾他的病重垂危的爱人王剑虹，在八七会议时，他勇敢地挑起了领导整个革命的重担。他批评自己的思想深处是愿意调和的，但他与彭述之、陈独秀做着坚决的路线斗争。他有自知之明，他是不愿当领袖的，连诸葛亮都不想做，但在革命最困难的严重关头，他毅然走上党的最高的领导岗位。这完全是见义勇为，是他自称的韦护的象征。这哪里是像他自己讲的对马克思主义一知半解，自己又有许多"标本的弱者的道德——忍耐，躲避，讲和气，希望大家安静些，仁慈些等等"？哪里是像他自己讲的"不但不足以锻炼成布尔塞维克的战士，甚至不配做一个起码的革命者"？我认为秋白在这样困难的时候奋力冲上前去，丝毫没有考虑到个人问题，乃是一个大勇者。在《多余的话》的最后，他说因为自己是多年（从一九一九年到一九三五年）的肺结核病人，他愿意把自己的"躯壳""交给医学校的解剖室"，"对肺结核的诊断也许有些帮助"。当他这样表示的时候，在他就义的前夕，在死囚牢里像解剖自己患肺病的躯壳一样。他已经在用马克思主义的利刃，在平静中理智地、细致地、深深地剖析着自己的灵魂，挖掘自己的矛盾，分析产生这矛盾的根源，他得出了正确的结论。这对于知识分子革命者和一般革命者至今都有重大的教益。他说："要磨炼自己，要有非常巨大的毅力，去克服一切种种'异己的'意识以至最微细的'异己的'情感，然后才能从'异己的'阶级里完全跳出来，而在无产阶级的革命队伍里站稳自己的脚步。否则，不免是'捉住了老鸦在树上做窠'，不免是一出滑稽剧。"

他这样把自己的弱点、缺点、教训，放在显微镜下，坦然地、尽心地交给党、交给人民、交给后代，这不也是一个大勇者吗？！我们看见过去有的人在生前尽量为自己树碑立传，文过饰非，打击别人，歪曲历史，很少有像秋白这样坦然无私、光明磊落、求全责备自己的。

在八七会议以后，秋白同志在估计革命形势上犯了"左"倾盲动主义的错误，在党的六届七中全会通过的《关于若干历史问题的决议》中是说得非常清楚，是极为正确的。我想，在那样复杂、激剧变化的时代，以秋白从事革命的经历，犯错误是难以避免的；换了另外一个人，恐怕也是这样。何况那些错误都是当时中央政治局讨论过的，是大家的意见，不过因为他是总书记，他应该负主要责任而已。

但是，事隔两年，人隔万里，在王明路线的迫害下，竟要把立三路线的责任放在秋白身上，甚至把正确地纠正了立三路线错误的六届三中全会也指责为秋白又犯了调和路线错误，对他进行残酷斗争、无情打击，把他开除出中央政治局。秋白写《多余的话》时，仍是王明路线统治的时候，他在敌人面前是不能暴露党内实情、批评党内生活的，他只能顺着中央，责备自己，这样在检查中出现的一些过头话，是可以理解的。

正由于我们生活中的某些不够健全,一个同志在工作中犯了错误,就被揪着不放,攻其一点,不及其余,这种过左的作法,即使不是秋白,不是这样一个多感的文人,也是容易使人寒心的。特别是当攻击者处在有权、有势、有帮、有派,棍棒齐下的时候,你怎能不回首自伤,感慨万端地说:"田园将芜胡不归!"而到自己将离世而去的时候,又怎会不叹息是"历史的误会"呢?

古语说:"慷慨成仁易,从容就义难。"这句话是有缺点的;"慷慨成仁"也不易,也需要勇敢,无所惧怕,而"从容就义"更难。秋白同志的《多余的话》的情绪是低沉的,但后来他的牺牲是壮烈的。秋白明明知道自己的死期已经临近,不是以年、月计算了,但仍然心怀坦白,举起小刀自我解剖,他自己既是原告,又是被告,又当法官,严格地审判自己。他为的是什么,他不过是把自己当作一个完全的布尔塞维克来要求自己,并以此来品评自己的一生。这正是一个真正的布尔塞维克的品质,怎么能诬之为叛徒呢?革命者本来不是神,不可能没有缺点,不可能不犯错误,倘能正视自己,挖掘自己,不是比那些装腔作势欺骗人民,给自己搽脂抹粉的人的品格更高尚得多么?

秋白在他有生之年,在短短的时间里、写了许多重要文章,他却说自己是"半吊子文人",也是一种夸大,是不真实的。但秋白一时的心情还是带有些灰暗,矛盾是每个革命者都会遇到的,每个人都应该随时随地警惕自己,改造自己,战胜一切消极因素。特别是在极端困苦之下,对人生,对革命,要保持旺盛的朝气。

秋白的一生是战斗的,而且战斗得很艰苦,在我们这个不够健全的世界上,他熏染着还来不及完全蜕去的一丝淡淡的、孤独的、苍茫的心情是极可同情的。他说了一些同时代有同感的人们的话,他是比较突出、比较典型的,他的《多余的话》是可以令人深思的。但也有些遗憾,它不是很鼓舞人的。大约我跟着党走的时间较长,在下边生活较久,尝到的滋味较多,更重要的是我后来所处的时代、环境与他大不相同,所以,我总还是愿意鼓舞人,使人前进,使人向上,即使有伤,也要使人感到热烘,感到人世的可爱,而对这可爱的美好的人世要投身进去,但不是惜别。我以为秋白的一生不是"历史的误会",而是他没有能跳出一个时代的悲剧。

飞蛾扑火

秋白曾在什么地方写过,或是他对我说过:"冰之是飞蛾扑火,非死不止。"诚然,他指的是我在二二年去上海平民女校寻求真理之火,然而飞开了;二三年我转入上海大学寻求文学真谛,二四年又飞开了;三〇年我参加左联,三一年我主编《北斗》,三二年入党,飞蛾又飞来扑火。是的,我就是这样离不开火。他还不知道,后来,三三年我已几濒于死,但仍然飞向保安;五十年代我被划为右派,六十年代又被划成反革命,但仍是振翅飞翔。直到七十年代末,在党的正确路线下,终于得到解放,使我仍然飞向了党的怀抱,我正是这样的,如秋白所说,"飞蛾扑火,非死不止"。我还要以我的余生,振翅翱翔,继续在火中追求真理,为讴歌真理之火而死。秋白同志,我的整个生涯是否能安慰死去的你和曾是你的心,在你临就义前还郑重留了一笔的剑虹呢?

一九八〇年元月二日于北京

鲁迅先生于我

一

我开始接触新文学，是在一九一九年我到长沙周南女校以后。这以前我读的是《四书》、古文，作文用文言。因为我不喜欢当时书肆上出售的那些作文范本，不喜欢抄书，我的作文经常只能得八十分左右。即使老校长常在我的作文后边写很长的批语，为同学们所羡慕，但我对作文仍是没有多大兴趣。我在课外倒是读了不少小说，是所谓"闲书"的。大人们自己也喜欢看，就是不准我们看。我母亲则是不禁止，也不提倡，她只要我能把功课做好就成。自然，谁也没有把这些"闲书"视为文学，谁也不认为它有一点什么用处。

周南女校这时有些新风。我们班的教员陈启明先生是比较进步的一个，他是新民学会的会员。他常常把报纸上的重要文章画上红圈，把《新青年》《新潮》介绍给同学们看。他讲新思想，讲新文学，我为他所讲的那些反封建，把现存的封建伦理道德翻个个的言论所鼓动。我喜欢寻找那些"造反有理"的言论。施存统先生的《非孝论》的观点给我印象很深。我对我出身的那个大家庭深感厌恶，觉得他们虚伪，无耻，专横，跋扈，腐朽，堕落，势利。因此，我喜欢看一些带政治性的、讲问题的文艺作品。但因为我年龄小，学识有限，另一些比较浅显的作品，诗、顺口溜才容易为我喜欢。那时我曾当作儿歌背诵，至今还能记忆的有：

> 两个黄蝴蝶，
> 双双飞上天；
> 不知为什么，
> 一个忽飞还。
> 剩下那一个，
> 孤单怪可怜，
> 也无心上天，
> 天上太孤单。

俞平伯、康白情的诗也是我们喜欢背的。后来人一天天长大，接触面多了，便又有了新的选择。一九二一年，湖南有了文化书社。我从那里买到一本郭沫若的诗集《女神》，读后真是爱不释手。我整天价背诵"一的一切，一切的一"，或者就是：

> 九嶷山上的白云有聚有消，

洞庭湖中的流水有汐有潮。
我们心中的愁云呀，啊！
我们眼中的泪涛呀，啊！
永远不能消！
永远只是潮！

我，还有我中学的同学们，至少是我的好朋友，我们的幼小的心是飘浮的，是动荡的。我们什么都接受，什么都似懂非懂，什么都使我们感动。我们一会儿放歌，一会儿低吟，一会儿兴高采烈，慷慨激昂，一会儿愁深似海，仿佛自个儿身体载负不起自己的哀思。我那时读过鲁迅的短篇小说，可是并没有引起我的注意。那时读小说是消遣，我喜欢里面有故事，有情节，有悲欢离合、古典的《红楼梦》《三国演义》《西厢记》，甚至唱本《再生缘》《再造天》，或还读不太懂的骈体文鸳鸯蝴蝶派的《玉梨魂》都比《阿Q正传》更能迷住我。因此那时我知道新派的浪漫主义的郭沫若、闺秀作家谢冰心，乃至包天笑、周瘦鹃。而林琴南给我印象更深，他介绍了那么多的外国小说给我们，如《茶花女》《曼郎摄氏戈》《三剑客》《钟楼怪人》《悲惨世界》，这些都是我喜欢的，我想在阅世不深，对社会缺乏深刻了解的时候，可能都会是这样的。

一九二二、二三年我在上海时期，仍只对都德的《最后一课》有所感受，觉得这同一般小说不同，联系到自己的国家民族，促人猛省。我还读到其他一些亡国之后的国家的作品，如波兰显克微支的《你往何处去》。我也读了文学研究会耿济之翻译的一些俄国小说。我那时偏又喜欢厚重的作品，对托尔斯泰的《活尸》《复活》等都能有所领会。这些作品便日复一日地来在我眼下，塞满我的脑子，使我原来追求革命应有所行动的热情，慢慢转到对文学的欣赏。我开始觉得文学不只是消遣的，而是对人有启发的。我好像悟到一些问题，但仍是理解不深，还是朦朦胧胧，好像一张吸墨纸，把各种颜色的墨水都留下一点淡淡的痕迹。

一九二四年我来到北京。我的最好的、思想一致的挚友王剑虹在上海病逝了。她的际遇刺痛了我。我虽然有了许多新朋友，但都不能代替她。我毫无兴味地学着数理化，希望考上大学，回过头来当一个正式的学生。我又寂寞地学习绘画，希望美术能使我翻滚的心得到平静。我常常感到这个世界是不好的，可是想退出去是不可能的，只有前进。可是向哪里前进呢，上海，我不想回去了；北京，我还挤不进去；于是我又读书，这时是一颗比较深沉的心了。我重新读一些读过的东西，感受也不同了，"鲁迅"成了两个特大的字，在我心头闪烁。我寻找过去被我疏忽了的那些深刻的篇章，我从那里认识真正的中国，多么不幸，多么痛苦，多么黑暗！啊，原来我身上压得那样沉重的就是整个多难的祖国，可悲的我的同胞呵！我读这些书是得不到快乐的。我总感到呼吸迫促，心里像堵着一堆什么，然而却又感到有所慰藉。鲁迅，他怎能这么体贴人情，细致、尖锐、深刻地把中国社会、把中国人解剖得这样清楚，令人凄凉，却又使人罢手不得。难道我们中华儿女能无视这个有毒的社会来侵袭人，迫害人，吞吃人吗？鲁迅，真是一个非凡的人吧！我这样想。我如饥似渴地寻找他的小说、杂文，翻旧杂志，买刚出版的新书，一篇也不愿漏掉在《京报》副刊、《语丝》上登载的他的文章，我总想多读到一些，多知道一些，他成了唯一安慰我的人。

二

一九二五年三月间，我从香山搬到西城辟才胡同一间公寓里。我投考美术学校没有考上，便到一个画家办的私人画室里每天素描瓶瓶罐罐、维娜斯的半身石膏像和老头像。开始还有左恭同志，两个人一道；几次以后，他不去了，只我一个人。这个画家姓甚名谁，我早忘了；只记得他家是北方普通的四合院，南屋三间打通成一大间，布置成一个画室，摆六七个画架，陈设着大大小小不同形状的瓶瓶罐罐，还有五六个半身或全身的石膏人像，还有瓶花，这都是为学生准备的。学生不多，在不同的时间来。我去过十几次，只有三四次碰到有人。学生每月交两元学费，自带纸笔。他的学生最多不过十来个，大约每月可收入二十来元。我看得出他的情绪不高，他总是默默地看着我画，有时连看也不看，随便指点几句，有时赞赏我几句，以鼓励我继续学下去。我老是独自对着冰冷的石膏像，我太寂寞了。我努力锻炼意志，想象各种理由，说服自己，但我没有能坚持下去。这成了我一生中有时要后悔的事，如果当初我真能成为一个画家，我的生活也许是另一个样子，比我后来几十年的曲折坎坷可能要稍好一点；但这都是多余的话了。

这时，有一个从法国勤工俭学回来的学生教我法文，劝我去法国。他叫我"伯弟"，大概是小的意思。他说只要筹划二百元旅费，到巴黎以后，他能帮助我找到职业。我同意了，可是朋友们都不赞成，她们说这个人的历史、人品，大家都不清楚，跟着他去，前途渺茫，万一沦落异邦，不懂语言，又不认识别的人，实在危险。我母亲一向都是赞成我的，这次也不同意。我是不愿使母亲忧郁的，便放弃了远行的幻想。为了寻找职业，我从报纸上的广告栏内，看到一个在香港等地经商的人征求秘书，工资虽然只有二十元，却可以免费去上海、广州、香港。我又心动了。可是朋友们更加反对，说这可能是一个骗子，甚至是一个人贩子。我还不相信，世界就果真像朋友们说的那样，什么地方都满生荆棘，遍设陷阱，我只能有在友情的怀抱中进大学这一条路吗？不，我想去试一试。我自诩是一个有文化、有思想的人，怎么会轻易为一个骗子，或者是一个人贩子所出卖呢？可是母亲来信了，不同意我去当这个秘书，认为这是无益的冒险，我自然又打消了这个念头。可是，我怎么办呢？我的人生道路，我这一生总得做一番事业嘛！我的生活道路，我将何以为生呢？难道我能靠母亲微薄的薪水，在外面流浪一生吗？我实在苦闷极了！在苦闷中，我忽然见到了一线光明，我应该朝着这唯一可以援助我的一盏飘忽的小灯走过去，我应该有勇气迈出这一步。我想来想去，只有求助于我深信指引着我的鲁迅先生，我相信他会向我伸出手的。于是我带着无边的勇气和希望，给鲁迅先生写了一封信，把我的境遇和我的困惑都仔仔细细坦白详尽地陈述了一番，这就是《鲁迅日记》一九二五年四月三十日记的"得丁玲信"。信发出之后，我日夜盼望着，每天早晚都向公寓的那位看门老人问："有我的信吗？"但如石沉大海，一直没有得到回信。两个星期之后，我焦急不堪，以至绝望了。这时王剑虹的父亲王勃山老先生邀我和他一路回湖南。他是参加纪念孙中山先生的会来到北京的，现在准备回去。他说东北军正在进关，如不快走，怕以后不好走，南北是否会打仗也说不定。在北京我本来无事可做，没有入学，那个私人画室也不去了，唯一能系留我的只是鲁迅先生的一封回信，然而这只给我失望和苦恼。我还住在北京干什么呢？归去来兮，胡不归？母亲已经快一年没有见到我了，正为我一会儿要去法国，一会儿要当秘书而很不放心呢。那么，我随他归去吧，他是王剑虹的父亲，也等于是我的父亲，就随他归去吧。这样我离开了春天的北京，正是繁花似锦的时候。我跟随王勃山老人搭上南下的军车，是吴佩孚的军队南撤，火车站不卖客车票，许多人，包括我们都抢上车，挤得坐无坐处，站无站处。我一直懊恼地想："干吗我要凑这个热闹？干吗我要找这个苦吃？我有什么急事要回湖南？对于北京，住了快一年的北京，是不是就这样告别了？我前进的道路就是这样地被赶着，被挤在这闷塞的车厢里吗？我不等鲁迅的回信，那么我还有什么指望得到一个光明的前途呢？"

鲁迅就是没有给我回信。这件事一直压在我的心头。我更真切地感到我是被这世界遗弃了的。我觉得自己是一个渺小的人，鲁迅原可以不理我；也许我的信写得不好，令人讨厌，他可以回别人的信，就是不理睬我。他对别人都是热情的，伸出援助之手的，就认为我是一个讨厌的人，对我就要无情。我的心受伤了，但这不怪鲁迅，很可能只怪我自己。后来，胡也频告诉我，我离北京后不久，他去看过鲁迅。原来他和荆有麟、项拙三个人在《京报》编辑《民众文艺周刊》，曾去过鲁迅家，见过两三次面。这一天，他又去看鲁迅，递进去一张"丁玲的弟弟"的名片，站在门口等候。只听鲁迅在室内对拿名片进去的佣工大声说道："说我不在家！"他只得没趣地离开，以后就没有去他家了。我听了很生气，认为他和我相识才一个星期，怎么能冒用我弟弟的名义，天真的幼稚的在鲁迅先生面前开这种玩笑。但责备他也无用了。何况他这次去已是我发信的三个星期以后了，对鲁迅的回信与否，没有影响。不过我心里总是不好受的。

后来，我实在忘记是什么时候的后来了，我听人说，从哪里听说也忘记了，总之，我听人说，鲁迅收到我信的时候，荆有麟正在他的身边。荆有麟说，这信是沈从文化名写的，他一眼就认得出这是沈从文的笔迹，沈从文的稿子都是用细钢笔尖在布纹纸上写的这种蝇头小楷。天哪，这叫我怎么说呢？我写这封信时，还不认识胡也频，更不认识沈从文。我的"蝇头小楷"比沈先生写的差远了。沈先生是当过文书，专练过字的嘛。真不知这个荆有麟根据什么作出这样的断言。而我听到这话时已是没有什么好说了的时候。去年，湖南人民出版社专门研究鲁迅著作的朱正同志告诉我说，确是有这一误会。他抄了一段鲁迅先生给钱玄同的信作证明，现转录如下：

一九二五年七月二十日鲁迅致钱玄同信云：

且夫"孥孥阿文"（指沈从文——朱正注），确尚无偷文如欧阳公（指欧阳兰）之恶德，而文章亦较为能做做者也。然而敝座之所以恶之者，因其用一女人之名，以细如蚊虫之字，写信给我，被我察出为阿文手笔，则又有一人扮作该女人之弟来访（指胡也频），以证明实有其人……（《鲁迅书信集》上卷第七十二页）

三

大革命失败后，上海文坛反倒热闹起来了，鲁迅从广州来到上海，各种派别的文化人都聚集在这里，我正开始发表文章，也搬到了上海。原来我对创造社的人也是十分崇敬的，一九二二年我初到上海。曾和几个朋友以朝圣的心情找到民厚里，拜见了郭沫若先生、邓均吾先生，郁达夫先生出门去了，未能见到。一九二六年我回湖南，路过上海，又特意跑到北四川路购买了一张创造社发行的股票。虽然只花了五元，但对我来说已是相当可观的数目了。可是在这时，我很不理解他们对鲁迅先生的笔伐围攻。以我当时的单纯少知，也感到他们革命的甲胄太坚，刀斧太利，气焰太盛，火气太旺，而且是几个人，一群人攻击鲁迅一个人。正因我当时无党无派，刚刚学写文章，而又无能发言，便很自然地站到鲁迅一边。眼看着鲁迅既要反对当权的国民党的新贵，反对复古派，反对梁实秋新月派，还要不时回过头来，招架从自己营垒里横来的刀斧和射来的暗箭，我心里为之不平。我又为鲁迅的战斗不已的革命锋芒和韧性而心折。而他还在酣战的空隙里，大力介绍、传播马克思的无产阶级革命理论。我读这些书时，感到受益很多，对鲁迅在实践和宣传革命文艺理论上的贡献，更是倍加崇敬。我注视他发表的各种长短文章，我丝毫没有因为他不曾回我的信而受到的委屈影响我对他的崇拜。我把他指的方向当作自己努力的方向，在写作的途程中，逐渐拨正自己的航向。当我知道了鲁迅参加并领导左翼作家联盟工作时，我是如何的激动啊！我认为这个联盟一定是最革命最正确的作家组织了。自然，我知道左联是共产党领导的，然而在我，在当时一般作家心目中，都很自然地要看看究竟是哪些人，哪些具体的人在左联实现党的领导。一九三〇年五月，潘汉年同志等来找我和胡也频谈话时，我们都表示乐意即刻参加。当九月十七日晚左联在荷兰餐馆花园里为庆祝鲁迅五十寿诞的聚餐后，也频用一种多么高兴的心情向我描述他们与鲁迅见面的情形时，我也分享了那份乐趣。尽管我知道，他并没有、也不可能向鲁迅陈述那件旧事，我心里仍薄薄地拖上一层云彩，但已经不是灰色的了！我觉得我同鲁迅很相近，而且深信他会了解我的，我一定能取得他的了解的。

一九三一年五月间吧，我第一次参加左联的会议，地点在北四川路一个小学校里，与会的大多数人我都是新相识。我静静地坐在那里，没有发言。会开始不久，鲁迅来了，他迟到了。他穿一件黑色长袍，着一双黑色球鞋，短的黑发和浓厚的胡须中间闪烁的是一双铮铮锋利的眼睛，然而在这样一张威严肃穆的脸上却现出一副极为天真的神情，像一个小孩犯了小错误，微微带点抱歉的羞涩的表情。我不须问，好像他同我是很熟的人似的，我用亲切的眼光随着他的行动，送他坐在他的座位上。怎么他这样平易，就像是全体在座人的家里人一样。会上正有两位女同志发言，振振有词地批评左联的工作，有一位还说什么"老家伙都不行，现在要靠年轻人"等等似乎很有革命性，又很有火气的话。我看见鲁迅仍然是那么平静地听着。我虽然没有跑上前去同他招呼，也没有机会同他说一句话，也许他根本没有看见我，但我总以为我看见过他了。他是理解我的，我甚至忘了他没有回我信的那件事。

第一次我和鲁迅见面是在北四川路他家里。他住在楼上，楼下是一家西餐馆，冯雪峰曾经在这楼下一间黑屋子里住过。这时我刚刚负责《北斗》的编辑工作，希望《北斗》能登载几张像《小说月报》有过的那种插图，我自己没有，问过雪峰，雪峰告诉我，鲁迅那里有版画，可以问他要。过几天雪峰说，鲁迅让我自己去他家挑选。一九三一年七月三十日，我和雪峰一道去了。那天我兴致非常好，穿上我最喜欢的连衣裙。那时上海正时兴穿旗袍，我不喜欢又窄又小又长的紧身衣，所以我通常是穿裙子的。我在鲁迅面前感到很自由，一点也不拘束。他拿出许多版画，并且逐幅向我解释。我是第一次看到珂勒惠支的版画，对这种风格不大理会，说不出好坏。鲁迅着重介绍了几张，特别拿出《牺牲》那幅画给我，还答应为这画写说明。这就是《北斗》创刊号上发表的那一张。去年我看到一些考证资料，记载着这件事，有的说是我去要的，有的说是鲁迅给我的。事情的经过就是这样，是我去要的，也是鲁迅给的。我还向鲁迅要文章，还说我喜欢他的文章。原以为去见鲁迅这样的大人物，我一定会很拘谨，因为我向来在生人面前是比较沉默，不爱说话的。可是这次却很自然。后来雪峰告诉我，鲁迅说"丁玲还像一个小孩子"。今天看来，这本是一句没有什么特殊涵义的普通话，但我当时不能理解："咳，还像个小孩子！我的心情已经为经受太多的波折而变得苍老了，还像个小孩子！"我又想："难道是因为我幼稚得像个小孩子吗？或者他脑子里一向以为我可能是一个被风雨打蔫了的衰弱的女人，而一见面却相反有了小孩子的感觉？"我好像不很高兴我留给他的印象，因此这句话便牢牢地留在我的记忆里。

从一九三一年到三三年春天，我记不得去过他家几次。或者和他一道参加过几次会议，我只记得有这样一些印象。鲁迅先生曾向我要《水》的单行本，不止一本，而是要了十几本。他也送过我几本他自己的书。我印象最深的是他给我的书都包得整整齐齐，比中药铺的药包还四四方方，有棱有角。有一次谈话，我说我有脾气，不好。鲁迅说："有脾气有什么不好，人嘛，总应该有点脾气的。我也是有脾气的。有时候，我还觉得有脾气也很好。"我一点也没有感到他是为宽我的心而说这话的，我认为他说的是真话。我尽管说自己有脾气，不好，实际我压根儿也没有改正过，我还是很任性的。

有一次晚上，鲁迅与我、雪峰坐在桌子周围谈天，他的孩子海婴在另一间屋里睡觉。他便不开电灯，把一盏煤油灯捻得小小的，小声地和我们说话。他解释说，孩子要睡觉，灯亮了孩子睡不着。说话时原有的天真表情，浓浓地绽在他的脸上。这副神情一直留在我的记忆里。我觉得他始终是一个毫不装点自己，非常平易近人的人。

一九三三年我被国民党绑架，幽禁在南京。鲁迅先生和宋庆龄女士，还有民权保障同盟其他知名人士杨杏佛、蔡元培诸先生在党和左翼文人的协同下，大力营救，向国民党政府发出强烈抗议。国际名人古久烈、巴比塞等也相继发表声明，国内外的强烈的舆论，制止了敌人对我的进一步迫害。国民党不敢承认他们是在租界上把我绑架走的，也不敢杀我灭口。国民党被迫采取了不杀不放，把我"养起来"的政策。鲁迅又转告赵家璧先生早日出版我的《母亲》，又告知我母亲在老家的地址，仔细叮咛赵先生把这笔稿费确实寄到我母亲的手中。

一九三六年夏天，我终于能和党取得联系，逃出南京，也是由于曹靖华受托把我的消息和要求及时报告给鲁迅，由鲁迅通知了刚从陕北抵达上海的中央特派员冯雪峰同志。是冯雪峰同志派张天翼同志到南京和我联系并帮助我逃出来的。遗憾的是我到上海时，鲁迅正病重，又困于当时的环境，我不能去看他，只在七月中旬给他写了一封致敬和慰问的信。哪里知道就在我停留西安，待机进入陕北的途中，传来了鲁迅逝世的噩耗。我压着悲痛以"耀高丘"的署名给许广平同志去了一封唁函，这便是我一生中给鲁迅先生三封信中唯一留存着的一封。现摘录于下：

无限的难过汹涌在我的心头……我两次到上海,均万分想同他见一次,但因为环境的不许可,只能让我悬想他的病躯,和他扶病力作的不屈精神!现在却传来如此的噩耗,我简直不能述说我的无救的缺憾了!……这哀恸是属于我们大众的,我们只有拼命努力来纪念世界上这一颗陨落了的巨星,是中国最光荣的一颗巨星!……

而鲁迅先生留给我的文字则是一首永远印在心头,永远鞭策我前进的绝句,就是大家都知道的《悼丁君》:

如磐夜气压重楼,
剪柳春风导九秋。
瑶瑟凝尘清怨绝,
可怜无女耀高丘。

前年我回到北京以后,从斯诺的遗作里看到,鲁迅同他谈到中国的文学时也曾奖誉过我。去年到中国访问的美国友人伊罗生先生给了我一本在美国出版的英译中国短篇小说集《草鞋脚》,这是一九三四年鲁迅与茅盾同志一同编选交他出版的,里面选择了我的《莎菲女士的日记》和《水》两篇小说。鲁迅在《〈草鞋脚〉小引》中写道:"……这一本书,便是十五年来的,'文学革命'以后的短篇小说的选集。……它恰如压在大石下面的植物一般,虽然并不繁荣,它却在曲曲折折地生长。……"(《且介亭杂文》)鲁迅先生给过我的种种鼓励和关心,我只愿深深地珍藏在自己心里。经常用来鼓励自己而不愿宣扬,我崇敬他,爱他。我常用他的一句话告诫自己:"文人的遭殃,不在身前的被攻击和被冷落,一瞑之后,言行两亡,于是无聊之徒,谬托知己,是非蜂起,既以自衒,又以卖钱,连死尸也成了他们的沽名获利之具,这倒是值得悲哀的。"(《且介亭杂文·忆韦素园君》)我不愿讲死无对证的话,更不愿借鲁迅以抬高自己,因此我一直沉默着,拒绝过许多编辑同志的约稿。

四

我被捕以后,鲁迅在著作中和与人书信来往中几次提到过我,感谢一位热心同志替我搜录,现摘抄几则在这里。

《伪自由书》后记:(一九三三年)五月十四日午后一时,还有了丁玲和潘梓年的失踪的事。

一九三三年六月二十六日致王志之信:丁事的抗议,是不中用的,当局那里会分心于抗议。现在她的生死还不详。其实,在上海,失踪的人是常有的,只因为无名,所以无人提起。杨杏佛也是热心救丁的人之一,但竟遭了暗杀……(《书

信集》第三八四页）

一九三三年六月三十日《我的种痘》：……整整的五十年，从地球年龄来计算，真是微乎其微，然而从人类历史上说，却已经是半世纪，柔石丁玲他们，就活不到这么久。（《集外集拾遗补编》）

一九三三年八月一日致科学新闻社信：至于丁玲，毫无消息。据我看来，是已经被害的了，而有些刊物还造许多关于她的谣言，真是畜生之不如也。（《书信集》第一○五七页）

一九三三年九月二十一日致曹聚仁信：旧诗一首，不知可登《涛声》否？（《书信集》第四○八页）（诗即《悼丁君》，载同年九月三十日《涛声》二卷三十八期）

一九三四年九月四日致王志之信：丁君确健在，但此后大约未必再有文章，或再有先前那样的文章，因为这是健在的代价。（《书信集》第六二二页）

一九三四年十一月十二日致萧军萧红信：蓬子转向；丁玲还活着，政府在养她。（《书信集》第六六○页）

我被捕以后，社会上有各种传言，也有许多谣言，国民党御用造谣专门反共的报纸《社会新闻》以及《商报》，还有许多我不可能看到的报刊杂志都刊载了很多。我真感谢鲁迅并没有因为这一些谣言或传说而对我有所谴责。但到后来，一九五七年以后，直到粉碎"四人帮"以后的最初年代，还有个别同志对于前面摘录的鲁迅的文字，作些不符合事实的注释，或说我曾在南京自首，或说我变节，等等。这种言论在书籍报刊上发表，有些至今仍在流传，引起了很多读者的关心和询问，现在我毋须逐条更正或向他们作什么解释。我能够理解这些同志为什么这样贬责我，他们不了解情况。他们不是造谣者，更不是存心打击我，他们在那样写的时候，心里也未必就那样相信。这样的事，经历了几十年的斗争的人，特别是在十年动乱中横遭诬陷迫害的广大干部、群众，完全会一清二楚的。

最近翻阅《我心中的鲁迅》一书，在第二二三页上有一段一九七九年六月萧军对鲁迅给他一信的解释：

> 关于丁玲，鲁迅先生信中只是说："丁玲还活着，政府在养她。"并没有片言只字有责于她的"不死"，或责成她应该去"坐牢"。因为鲁迅先生明白这是国民党一种更阴险的手法。因为国民党如果当时杀了丁玲或送进监牢，这会造成全国以至世界人民普遍的舆论责难，甚至引起不利于他们的后果，因此才采取了这不杀、不关、不放……险恶的所谓"绵中裹铁"的卑鄙办法，以期引起人民对丁玲的疑心，对国民党"宽宏大量"寄以幻想！但有些头脑糊涂的人，或别有用心的人……竟说"政府在养她"这句话，是鲁迅先生对于丁玲的一种"责备"！这纯属是一种无知或恶意的诬枉之辞！

一九七九年北京图书馆得到美国图书协会访华参观团赠予的一些珍贵文物史料的复印件，其中有《草鞋脚》编选过程中，鲁迅与伊罗生来往通讯的原始手迹，有鲁迅、茅盾写的《中国左翼文艺定期刊编目》等等。这七件来往书信中最晚的一封是一九三五年十月十七日鲁迅写给伊罗生的。从第一封信到最后的这一封信里，全都没有说过因为有了关于丁玲的种种传言而要改动原编书目的话，而是按照原定计划，照旧选入了我的《莎菲女士的日记》和《水》两篇。与此同时，鲁迅、茅盾在《中国左翼文艺定期刊编目》中对我主编的《北斗》杂志，也仍旧作了正面的论述，没有丝毫的贬义。这七封信的原文，一九七九年十二月五日《光明日报·文学专刊》第一五六期已经刊载。鲁迅、茅盾合写的《中国左翼文艺定期刊编目》也将会在《鲁迅研究资料》刊出。

　　一九三四年九月鲁迅给王志之信中说："此后大约未必再有文章，或再有先前那样的文章，因为这是健在的代价。"我认为这话的确是一句有阅历、有见识、有经验，而且是非常有分寸的话。本来嘛，革命者如果被敌人逮捕关押，自然是无法写文章、演戏或从事其他活动的；倘如在敌人面前屈从了，即"转向"了，自然不可能再写出"先前那样的文章"。读到这样的话，我是感激鲁迅先生的。他是多么担心我不能写文章和不能"再有先前那样的文章"。我也感到多么遗憾，鲁迅先生终究没有能看到后来以至今天我写的文章。这些文章数量不多，质量更不理想，但我想这还正是鲁迅先生希望我能写出的。在鲁迅临终时，我已到了西安，而且很快就要进入鲁迅生前系念的陕北苏区、中共中央所在地的保安。现在纪念鲁迅先生诞辰一百周年，我想我还是鲁迅先生的忠实的学生。他对于我永远是指引我道路的人，我是站在他这一面的。

一九八一年一月于厦门

补记：

一九八三第三期《新文学史料》发表了一九三三年五月十九日鲁迅致申彦俊的一封信。申彦俊是三十年代初朝鲜《东亚日报》驻中国特派记者，是一位进步人士。他曾于一九三三年五月二十二日应邀赴内山书店拜访鲁迅先生，并写了访问记，刊载于朝鲜《新东亚》一九三四年第四期，其中记录了会见时的谈话。申彦俊问："在中国现代文坛上，您认为谁是无产阶级代表作家？"鲁迅先生答道："丁玲女士才是唯一的无产阶级作家。"这很使我感动，更使我惭愧。那年，我才二十九岁。那以前发表过一些作品，就倾向说，虽然我自己也以为是革命的，但实际只能算是小资产阶级的奉命作品吧。鲁迅先生为什么对一个外国的访问者作这样溢美的评价呢？我想，这恐怕是因为，我正是在他们这次会见的八天之前被国民党秘密绑架的,存亡未卜。出于对一个革命青年的爱惜,才使鲁迅先生这样说的吧。因为我是一个左翼作家,是一个共产党员,是因为从事革命活动而陷入险境,鲁迅先生才对我关切倍至,才作了过分的揄扬。

一九八三年九月

风雨中忆萧红

本来就没有什么地方可去，一下雨便更觉得闷在窑洞里的日子太长。要是有更大的风雨也好，要是有更汹涌的河水也好，可是仿佛要来一阵骇人的风雨似的那么一块肮脏的云成天盖在头上，水声也是那么不断地哗啦哗啦在耳旁响，微微地下着一点看不见的细雨，打湿了地面，那轻柔的柳絮和蒲公英都飘舞不起而沾在泥土上了。这会使人有遐想，想到随风而倒的桃李，在风雨中更迅速迸出的苞芽。即使是很小的风雨或浪潮，都更能显出百物的凋谢和生长，丑陋或美丽。

世界上什么是最可怕的呢，决不是艰难险阻，决不是洪水猛兽，也决不是荒凉寂寞。而难以忍耐的却是阴沉和絮聒；人的伟大也不只是能乘风而起，青云直上，也不只是能抵抗横逆之来，而是能在阴霾的气压下，打开局面，指示光明。

时代已经非复少年时代了，谁还有悠闲的心情在闷人的风雨中煮酒烹茶与琴诗为侣呢，或者是温习着一些细腻的情致，重读着那些曾经被迷醉过被感动过的小说，或者低徊冥思那些天涯的故人，流着一点温柔的泪，那些天真、那些纯洁、那些无疵的赤子之心、那些轻微的感伤、那些精神上的享受都飞逝了，早已飞逝得找不到影子了。这个飞逝得很好，但现在是什么呢？是听着不断的水的絮聒，看着脏布似的云块，痛感着阴霾，连寂寞的宁静也没有，然而却需要阿底拉斯的力背负着宇宙的时代所给予的创伤，毫不动摇地存在着，存在便是一种大声疾呼，便是一种骄傲，便是给絮聒以回答。

然而我决不会麻木的，我的头成天膨胀着要爆炸，它装得太多，需要呕吐。于是我写着，在白天，在夜晚，有关节炎的手臂因为放在桌子上太久而疼痛，患砂眼的眼睛因为在微小的灯光下而模糊。但幸好并没有激动，也没有感慨，我不缺乏冷静，而且很富有宽恕，我很愉快，因为我感到我身体内有东西在冲撞；它支持了我的疲倦，它使我会看到将来，它使我跨过现在，它会使我更冷静，它包括了真理和智慧，它是我生命中的力量，比少年时代的那种无愁的青春更可爱啊！

但我仍会想起天涯的故人的，那些死去的或是正受着难的。前天我想起了雪峰，在我的知友中他是最没有自己的了。他工作着，他一切为了党，他受埋怨过，然而他没有感伤，他对名誉和地位是那样地无睹，那样不会趋炎附势，培植党羽，装腔作势，投机取巧。昨天我又苦苦地想起秋白，在政治生活中过了那么久，却还不能彻底地变更自己，他那种二重的生活使他在临死时还不能免于有所申诉。我常常责怪他申诉的"多余"，然而当我去体味他内心的战斗历史时，却也不能不感动，哪怕那在整体中，是很渺小的。今天我想起了刚逝世不久的萧红,明天,我也许会想到更多的谁,人人都与这社会有关系,因为这社会我更不能忘怀于一切了。

萧红和我认识的时候,是在一九三八年春初。那时山西还很冷,很久生活在军旅之中,习惯于粗犷的我,骤睹着她的苍白的脸,紧紧闭着的嘴唇,敏捷的动作和神经质的笑声,使我觉得很特别,而唤起许多回忆,但她的说话是很自然而直率的。我很奇怪作为一个作家的她,为什么会那样少于世故,大概女人都容易保有纯洁和幻想,或者也就同时显得有些稚嫩和软弱的缘故吧。但我们都很亲切,彼此并不感觉到有什么孤僻的性格。我们尽情地在一块儿唱歌,每夜谈到很晚才睡觉。当然我们之中在思想上,在感情上,在性格上都不是没有差异,然而彼此都能理解,并不会因为不同意见或不同嗜好而争吵,而揶揄。接着是她随同我们一道去西安,我们在西安住完了一个春天。我们痛饮过,我们也同度过风雨之夕,我们也互相倾诉。然而现在想来,我们谈得是多么得少啊!我们似乎从没有一次谈到过自己,尤其是我。然而我却以为她从没有一句话是失去了自己的,因为我们实在都太真实、太爱在朋友的面前赤裸自己的精神,因为我们又实在觉得是很亲近的。但我仍会觉得我们是谈得太少的,因为,像这样的能无妨嫌、无拘束、不须警惕着谈话的对手是太少了啊!

那时候我很希望她能来延安,平静地住一时期之后而致全力于著作。抗战开始后,短时期的劳累奔波似乎使她感到不知在什么地方能安排生活。她或许比我适于幽美平静。延安虽不够作为一个写作的百年长计之处，然在抗战中，的确可以使一个人少顾虑于日常琐碎，而策划于较远大的。并且这里有一种朝气，或者会使她能更健康些。但萧红却南去了。至今我还很后悔那时我对于她生活方式所参与的意见是太少了，这或许由于我们相交太浅，和我的生活方式离她太远的缘故，但徒劳的热情虽然常常于事无补，然在个人仍可得到一种心安。

我们分手后，就没有通过一封信。端木曾来过几次信，在最后的一封信上（香港失陷约一星期前收到）告诉我，萧红因病始由皇后医院迁出。不知为什么我就有一种预感，觉得有种可怕的东西会来似的。有一次我同白朗说："萧红决不会长寿的。"当我说这话的时候，我是曾把眼睛扫遍了中国我所认识的或知道的女性朋友，而感到一种无言的寂寞。能够耐苦的，不依赖于别的力量，有才智、有气节而从事于写作的女友，是如此其寥寥啊！

不幸的是我的杞忧竟成了现实，当我昂头望着天的那边，或低头细数脚底的泥沙，我都不能压制我丧去一个真实的同伴的叹息。在这样的世界中生活下去，多一个真实的同伴，便多一分力量，我们的责任还不只在于打开局面，指示光明，而且还要创造光明和美丽；人的灵魂假如只能拘泥于个体的褊狭之中，便只能陶醉于自我的小小成就。我们要使所有的人都能有崇高的享受，和为这享受而做出伟大牺牲。

生在现在的这世界上，要顽强地活着，给整个事业添一分力量，而死，对人对己都是莫大的损失。因为这世界上有的是戮尸的遗法，从此你的话语和文学将更被歪曲，被侮辱；听说连未死的胡风都有人证明他是汉奸，那对于已死的人，当然更不必贿买这种无耻的人证了。鲁迅先生的《阿Q正传》曾被那批御用文人歪曲地诠释，那么《生死场》的命运也就难免于这种灾难。在活着的时候，你不能不被逼走到香港；死去，却还有各种污蔑在等着，而你还不会知道；那些与你一起的脱险回国的朋友们还将有被监视和被处分的前途。我完全不懂得到底要把这批人逼到什么地步才算够，猫在吃老鼠之前，必先玩弄它以娱乐自己的得意。这种残酷是比一切屠戮都更恶毒，更需要毁灭的。

只要我活着，朋友的死耗一定将陆续地压住我沉闷的呼吸。尤其是在这风雨的日子里，我会更感到我的重荷。我的工作已经够消磨我的一生，何况再加上你们的屈死，和你们未完的事业，但我一定可以支持下去的。我要借这风雨，寄语你们，死去的，未死的朋友们，我将压榨我生命所有的余剩，为着你们的安慰和光荣。那怕就仅仅为着你们也好，因为你们是受苦难的劳动者，你们的理想就是真理。

风雨已停，朦朦的月亮浮在西边的山头上，明天将有一个晴天。我为着明天的胜利而微笑，为着永生而休息。我吹熄了灯，平静地躺到床上。

一九四二年四月二十五日

伊罗生

还是在九一八事变以后，在上海一次对国民党的不抵抗主义提出抗议和示威的市民大会上，我看见了伊罗生和史沫特莱，还有苏联塔斯社的记者站在大会场的一角。我知道伊罗生是英文《中国论坛》的主编。他的刊物经常向世界报道一些中国革命的真实情况。他是一位很活跃的革命的年轻朋友。我记得当我在上海的时候，《中国论坛》曾大力报道牛兰夫妇被反动的国民党无理拘捕的新闻。我知道他与中国民权保障同盟的宋庆龄、蔡元培、鲁迅、杨杏佛诸位先生有着经常的联系。一九三三年我和潘梓年同志被国民党秘密绑架，《中国论坛》报曾及时揭露，并公开发表民权保障同盟的营救呼吁和向国民党抗议的声明。杨杏佛先生被国民党暗杀后，《中国论坛》报又及时揭露，并对国民党的倒行逆施进行了有力的抨击。在白色恐怖笼罩上海、中国革命处于艰危的时期，《中国论坛》报在国际宣传和支援中国革命方面，做了不少有益、有效的工作。据说后来也是由于受了左的影响，他回国了。回国后在一个大学任教，多年来和我们失去了联系。一九四九年我国革命取得了空前的伟大的胜利，但在中美关系没有解冻以前,他仍是难和我们取得联系的。一九三四年他请鲁迅、茅盾编选的中国左翼作家作品选《草鞋脚》一书,自然也一直没能在美国出版。我们党粉碎了"四人帮",清算了极左路线的毒害,一九八〇年的冬天,他远涉重洋又来中国了。他要求会见宋庆龄副主席、茅盾同志,也希望见见我。听到这个消息,我是多么激动啊!过了一天,宋庆龄副主席在家里宴请他们夫妇,茅盾同志作陪,我也恭陪末座。几十年不见了,这时他已经是一个老人了。他是自费来的,是来看老朋友的,准备去上海、绍兴,在那里参观鲁迅博物馆和鲁迅故居。在北京时,他先后会见了茅盾同志和我,以及周海婴同志。我请他吃饭,他见到了当年在上海的旧友陈翰笙,以及三十年代鲁迅的旧友和学生曹靖华、唐弢、李何林、戈宝权等同志。他非常兴奋,和我们一起回忆上海时期的战斗篇章。他非常高兴,他告诉我们:鲁迅和茅盾编选的《草鞋脚》一书,很快就要在美国出版了。果然,他走后不久,书寄到了,装帧、印刷都很好,所选的文章,都是当年年轻的左翼作家的作品,其中也有我的两篇。收到这本书时,真使我感慨万分。伊罗生在北京住了四五天就去上海,他在上海鲁迅博物馆看到三十年代他和宋庆龄、鲁迅、蔡元培、杨杏佛、史沫特莱和萧伯纳等的放大了的照片悬挂在壁上的时候,他感动极了。四十多年来,我们中国人民、中国的革命事业在漫长的历程中,走过多么曲折、艰辛的路程,这曾使外国朋友们为我们担忧，而且也影响到一些朋友们为我们承担风险。我们如果真正做到实事求是，谦虚谨慎，戒骄戒躁，能常替朋友设想，我们内心会感到歉意，会更多更深地体会无产阶级国际主义的情谊。我对伊罗生先生，就有这样的感情。他曾为我们的革命事业付出过他青年时代的美好时光和美好心灵。

他离开北京回美国，我没有问他在美国的通信地址，因为我不懂外文，而且习惯于简单的生活；我也没有想到还会遇见他。八一年十一月十六日傍晚，刘年令女士接我到哈佛大学。我刚跨进餐厅前的大门，突然一下就见到了他。他默默含着微笑望着我，并不走过来，是他想试试我还认不认识他，而有意等我先去招呼他吗？我果然一下就认出了他，而且因为是出乎意外就更显得高兴。在这济济一堂的学者当中，不就只有他能算上是老朋友吗？

进餐的时候，他们夫妇就坐在邻座和我对面，他们很亲切地望我，悄悄地观察我。我也不时送过去亲切的眼光。我们没有对话的机会，整个晚餐席上的谈话，大都为晚宴的主持人戈尔德曼（Goldman）女士垄断了。戈尔德曼是专门研究中国文学的，在哈佛大学任教。晚餐结束的时候，伊罗生夫妇恳切地邀我们十八日中午到他们家午饭。我们当然乐于应从。这天聚餐后，在哈佛大学的演讲会上，我又看见这一对老人静静地坐在听众席上。我很歉然地想到，我能讲什么以满足他们的渴望呢？

十八日上午十点半钟，威士理女子大学中文系主任戴祝愈女士，亲自驾车送我们去伊罗生家里，并自愿为我们充当翻译。我至今都感谢她的热情。伊罗生，住一栋楼房，客厅很大，客厅里摆了许多中国生活中的摆设。茶具也是中国古式上等人家用的白底套红印花瓷盖碗。我默默地观察，我感到他是热爱中国的，特别是英勇战斗、坚贞不屈的三十年代的中国共产党，使他恋恋不忘。但他似乎有一点无言的感伤，有一点隔膜，有一丝淡淡的愁绪。他对我们的新中国，对我们粉碎"四人帮"后，重新振作奋发的我们的共产党，和我讲的我个人的心情，可能都还保有某些考虑的余地。现在在一个家庭餐桌上，他就坐在我对面，用亲切的眼光看着我，但总掩盖不了我在他心上产生过的迷茫，至少我不是他曾了解的，曾想象的，我好像站在离他很远的地方，但又是他愿意更亲近的。因此我觉得他对我讲的话，又亲切而又非常审慎。我离开他时曾这么想；现在还是这么想：现在我几乎是可以引起他重温少年热梦的惟一的人了，至少是很少人中的一个了。但我在他那里，却又似远似近。他想找点什么？而得来的却又不是一下能完全理解的，或者是长期彼此隔绝的他所不能想象的。伊罗生先生，世界走得太快了，人总会有变化的。精神和物质常常不一定协调地同时前进。我愿意告诉老朋友：我认为共产主义总有一天要胜利，尽管路途还比较艰辛，中间还可能遭受挫折。但事在人为，人定胜天。我们的革命友谊会在彼此了解、信任中发展巩固。我们在结识新朋友的同时，越发珍惜老朋友的情谊，而且希望今后能有更多的交往。

一九八三年二月二十一日于昆明温泉

她更是一个文学作家
——怀念史沫特莱同志

一

一九三一年我从湖南回到上海,一个人忙在环龙路的一个弄堂里。我要求到苏区去,正等着答复。我像一个孤魂似的深居在一间小屋里,伏案直书,抒发我无限的愤恨,寄幽思于万里之外。有时在行人稀少的环龙路上的梧桐树荫下踟蹰徘徊,一颗寂寞忧愁的心,不断被焦急所侵扰。正在这时,冯雪峰同志通知我,有一个外国女记者要见我,她对左联五烈士的死难,表示了无限同情与愤慨,写了报道,帮我们做了宣传工作;通知我按约定的时间到她家去。这样,有一天,大约是五月间的样子,天气已经暖和了,我穿一件黑色软缎连衣裙,走进了格罗希路或麦塞而路一条幽静的马路边一所有花园的洋房里,史沫特莱热情地迎接了我。

史沫特莱长得高大,一对很大的眼睛在一张并不秀丽的脸上闪烁着。曾经有人告诉过我她可能混有一点红色人种的血液,我那时的知识还辨别不出来。但我一下就感到,她不是我脑子中的，从书本上得来印象的那些贵族妇女、交际花，多愁善感、悠闲潇洒、放任泼辣……都不是，她是一个近代的热情的革命的实干的平常的美国妇女。她使我一见面就完全消除了对生人所特有的审慎，我只感到她是可以信任的，可以直率谈话的，是我们的自己人。尽管我知道她当时和中国的一些文坛名士、上层知识分子如林语堂、徐志摩等友好，但她与之更友好的是共产党，是左翼，是革命者。

她问了我许多问题：我的经历，我的处境，我对未来的打算，我的写作计划……过去我一直不懂社交，怕和上层人物来往，不喜欢花言巧语，但一旦心扉打开时也还能娓娓而谈。这样，我们就像一对老朋友，倾心地谈了一上午。她替我照了不少像。她照得很好，现在我还保留着一张她照的我穿着黑软缎衣的半身像。当我翻阅这些旧物时，那时我难有的一种愉悦而熨帖的心情还回绕在脑际。虽说这只是一个上午，可是多么令人神驰的一个上午！

后来，我又去她家里一次，我穿着一件自己缝制的蓝布连衣裙，大领短袖，已经穿旧了。可是史沫特莱赞赏了这件简单朴素的便衣，我看出她喜欢我这身打扮，我很欣赏她的趣味。她告诉我，前几天总有包打听守在马路对面监视着她，她从花园里，透过临马路的竹篱望见了，一连好几天都这样。她就拿了一根大棒，冲了出去要打那个人，吓得那人仓皇逃跑，这几天再没有来了。她讲这些时，大声笑着，表现出她的天真与粗犷，我不禁也高兴地笑了。这次我逗留时间不长，但她这个笑，许多年来，至今还会引起我的微笑。

"九一八""一·二八"之后，我两次在群众大会上远远望到她，她与《中国论坛》报的伊罗生站在一起，还有两三个着西服的人。为了不引起特务的注意，我自然不会去招呼她。在我参加党之后，为了免除给她带来危险，我更有意回避着她，但她的情况，我一直可以听到一些。她的确是我们自己人。她的身世，我也多少知道一点，这样，我们就更贴近了。

二

一九三六年九十月间，我住在西安的一个外国牙科医生家里，等着进陕北苏区中央所在地保安。这位牙科医生很年轻，他告诉我他是德国人，他递给我他的名片，上面写着冯海伯。一九七八年我在叶君健同志记述艾黎同志的长篇报告文学中读到他是奥国人，名叫温启，是革命者，或者还是共产党人。他是受到德国法西斯的迫害而到中国来的。他喂养着一条狼狗，狗的名字就叫"希特勒"，可见他恨希特勒之深。他白天行医，每天有不多几个人来看牙，一有空就和我们（另外一个绰号小妹妹的老共产党员）聊天。晚餐后，他用仅有的一点中国话或不多的英语同我们交谈一点新闻。我的英语会话水平很可怜，只懂很少不成文的单字。这屋里还住有一对德国夫妇。男的镶造假牙，女的操持家务，每天烤很好的面包、蛋糕，做很可口的西餐。后来这位男的有病，夫妇俩便到上海去了。这个牙医诊所实际是我们党的交通联络站，是不能轻易雇用佣人的。于是做饭等事一时就落在我和小妹妹身上了。我们不会烤面包、做西餐，但小妹妹很会烧中国菜、大米饭。牙科医生有时嫌我们做的菜太油，但仍然觉得好吃。这里平时除了刘鼎同志来向我们传达一些党的指示和新闻等外，是很少客人来的。我们只是看点书报以度过寂静的白天，或是三个人在温暖的电灯光下听听收音机。一天下午，冯海伯告诉我们，晚餐有客人，要多杀几只小鸡，多准备一点汤和点心咖啡等，他平日在我们面前的表现，还是比较老成持重的，此刻却掩饰不了他的异常的兴奋。晚上我们听到前边客厅里有响动，有客人谈话的声音，我们为他高兴，我们守在厨房一心为他们准备丰盛的晚餐。

当我们把饭菜做好的时候，冯海伯要求我们到前边去同他的朋友见面。我向来不喜欢交际，这时更怕见生人，但冯海伯的朋友，该是可以见面的，我认定他们也是自己人。我就高兴地揩了揩手，整整衣服，兴致冲冲地走进客厅。客厅里上首坐着一个外国男人，还有一个外国女人伫立在窗前，像等候谁似的。我转身望她时，发现了那一对闪烁的热情的眼睛正紧盯着我。"呵！还能是谁呢？是史沫特莱！"我急忙扑过去，她双手一下就把我抱起来了，在她的有力的拥抱当中，我忽然感到一阵温暖，我战栗了。好像这种温暖的拥抱是我早就盼望着的，这是意外的，也是意料之中的，我并不曾想到，会是史沫特莱来拥抱我，但我在凄凉的艰苦的斗争中，在茫茫的世界里，总有过一丝希望，总会有这样一天，有这一种情况，不管是哪个老朋友、哪个老同志，只要是真正的朋友、同志，他，她总会把我抱起来，把我遭受过的全部辛酸一同抱起来，分担我在重压中曾经历过的奋战的艰难。现在拥抱我的却是史沫特莱，一个外国友人。我是不怕冷酷的，却经不起温暖。我许久不易流出来的眼泪，悄悄地流在她的衣襟上。屋子里的人都沉重地望着我们，在静谧的空气里，一种歉疚和欢欣侵袭着我，我拥抱她，而她笑了。于是，屋子里立时解了冻，几个人同时邀我们入座，史沫特莱不理会我懂不懂得她的语言，叽叽呱呱对我说起来，我的英文是很蹩脚的，一时乱找几个还记得的单字来表示我的情感。这样惹得大家更笑了。我们欢快地围坐在餐桌周围。

史沫特莱还是从前那样精神抖擞，她是记者。现在西安正在准备欢迎蒋介石，正在酝酿一场新的"剿匪"部署。她总是追踪这些动乱。她的工作和政治贴得紧紧地，她是一个非常政治化的人，她的政治触角很敏感，而我只感觉到她的革命的热情，她不只是一个政治记者，她更是一个文学作家，她写的《大地的女儿》写得多好呵！

另外那位男客人，风尘仆仆，虽是新识，却比熟人还熟似的，只一句话就把我整个人的兴趣吸引过去了，他成了这个小小聚会的中心。他是谁呢，那就是今天几乎人所尽知的美国友人埃得加·斯诺。他正从我要去的地方来，他是从保安来的，他是从党中央那里来的。他们问他，他回答；我们问他，他又回答。他不断地讲解，这里有三个国家的人，没有翻译，我们也不要翻译，我们从听不懂的语言中能懂得许多事。三种语言在这里絮絮叨叨，在热闹的客厅里、华灯下，只有融融之乐，我们忘了要炫耀我们的烹饪学。中心，一切谈话的中心，都是斯诺这次西行所得的印象。他讲苏区的生活，那些神奇而又谜似的生活。他讲毛泽东主席，讲周恩来副主席。他到过前方，认识了许多身经百战的红军将领，他讲苏区的人民、妇女儿童，他满腹的人物故事，他把收集来的珍贵的照片，一一展览给我们看。这时大家都年轻，都有满腔热情，用三种语言同唱《国际歌》，我们还向斯诺学习红军歌曲，"炮火连天响，战号频吹，决战在今朝……"和"送郎当红军"……我们都喝了不少酒，喝了很多咖啡，我们的脸都红了，都绽着愉快的笑，多么幸福的秋夜呵！

　　夜深了，两位客人要走了，依恋也没有用。我们缓步送他们到后门边。史沫特莱把她的一顶旧貂皮帽送给我，说我到陕北去可能比她更需要。这顶帽子曾留在我的包袱里很久，可是这天夜晚的情景，留在我记忆里更久，时间越久，越珍贵。冯海伯同志在"双十二"事变中，被国民党特务黑夜悄悄地杀害

155

在马路边。他的这间诊所就是抗战后的七贤庄西安八路军办事处，现在这里成立了一个展览馆。史沫特莱已离世三十余年，斯诺也在前几年逝世了。"小妹妹"的情况我至今还不知道。人世沧桑，回想当年情景，不能不停笔凝思，多么令人怀念的年代，多么令人怀念的人儿，多么令人向往的豪情呵！

三

一九三七年一月间，我刚从陈赓部队转到二方面军贺龙同志的司令部时，总司令部派通讯员接我回去，说有一个外国女记者在那里，我便赶回三原总部。原来客人就是史沫特莱。彭德怀、任弼时、陆定一几位领导同志正热情地向她介绍部队情况。任弼时同志要我陪她同去延安。离开前方我不愿意，但陪她，能同她一道走却是我乐于从命的。第二天，我们就乘大卡车北上。沿路我们虽然不能畅谈，但彼此的一言一笑一挥手，加上几个简单的英文单字，还是使我们愉快欢欣。两天后，我们到了延安。开始史沫特莱住在延安城里街边的一所院子里的几间房子里，后来搬到凤凰山脚的几间大窑洞里，一个叫吴光伟的女同志给她当翻译。我没有返回前方，留在中央警卫团政治处当副主任，后来又做中国文艺协会的工作，抗战爆发后，筹组西北战地服务团。那时，我工作虽然忙碌，但有空就去她那里看看。

这时，史沫特莱过着八路军普通战士的简单朴素生活。她穿一身灰布制服。她不习惯睡炕，把一个窄的帆布行军床支在炕上。炕前一张小桌，桌上一架打字机和几本白纸簿。外间房一张方桌，毛主席、朱总司令来看她或谈材料，都坐在方桌边的。有一段时间，朱总司令几乎每天都在这里和她谈材料。

史沫特莱是一个很勤奋的作家，悠闲同她无缘，她从早到晚都认真工作。她喜欢广泛搜集材料，了解各种情况，但总是把话题抓得很紧，从不爱闲谈。每当我看到她工作时，不免总有内愧，觉得自己常把时间浪费在闲谈上了，有时冥想太多，显得散漫，缺少现代人应有的紧张。我把这些印象讲给毛主席听，毛主席赞同我的看法，还说，那就向她学习吧。

有一次，延安开党的活动分子会议，我参加了，美国医生马海德同志也参加了，史沫特莱没有参加。她要求参加，组织上没有同意，听说她为此生气，她哭了。后来中央组织部长博古同志找她谈话，向她解释，这不属于友好问题，也不是对她不信任，这是组织问题，因为她还不是党员。还告诉她，我们对她是以诚相待，她是有名的新闻记者，她还要到边区外面去，到很多地方去，要在各种环境里，接触各种人，向他们宣传八路军，宣传共产党，她不做党员，不参加组织有更方便的地方。她勉强被说服了。后来，她果真离开了延安，离开了八路军，但她为党、为八路军做了许多工作。可能她后来仍然没有参加党，可能还一直耿耿于怀。我以为她是一个没有拿到党证的共产党员。世界上也确实有拿着党证的非党员，我想我这个看法没有错。

这年九月，我们西北战地服务团从延安出发了。史沫特莱是什么时候离开的我记不清了。十一月或十二月，我们在山西忽然见到了她，第一次是在行军途中。那时太原沦陷，我们经榆次、太谷到和顺找到总司令部后，每天按序列随大部队一道行军。有一天休息时，忽然看见她兴冲冲地上来。西战团的同志们都认识她，大家围着她，大声笑着，会说几句英语的更趋前问好。大家还高兴地鼓掌，欢迎她跳舞。她也和年轻人一起鼓掌相报。我们晚上在宿营地演出，她经常到台下和群众一起观看，同声说好。有一次，她听到我们团一位同志连日行军、演出，疲劳过度，出现"休克"时，她比卫生员还要快，赶来为他按摩，用民间的土法，把砖烧热，垫在病人的脚下。我记得在延安时，一次她的勤务员有病，她就像慈母一样侍候他，她就是这样使人感动的。

那时我们的宿营地经常不在一起，我们几乎每天有演出任务。我有事去总部也不一定见到她。大家都是来去匆匆，以为随时可以见面，但其实见面也只能握手微笑，我们没有捞到一次长谈的机会。我们驻在洪洞县万安镇时，她住在离我们十多里的总部，我们还见过面。后来，听说她要离开前线到国民党区去工作，为八路军宣传、募捐，我来不及送她，她已悄然离去了。从此，我们没有再见面，只听到关于她的一些零零碎碎的传闻：有人说她舍不得离开八路军，又有人说她离开山西便到新四军去了。她买过很多药品给我们部队，她介绍许多外国朋友到解放区。她写的文章在德国、美国的报刊上登载，八路军、新四军的战报，政治工作的情况，胜利的消息在世界上传播。她写《朱德传》，红军将领成了各国人民所共知的英雄，解放后，她急于要回中国来，她爱中国的革命，同中国人民休戚与共，她的心永远留在中国。可是，当时美国政府不准她来，横加阻挠，她得不到签证，我们为她着急，担忧。好容易她得到去英国的签证。她只要能离开英国，我们便可以设法接她来中国。多么遗憾呵，她到了英国，却病倒在英国；而且竟在那里离开了人间，在还没有见到解放了的中国土地的时候，就离开了人间！在还没有重见她日夜盼望着的中国革命领导人和中国人民的时候，就离开了人间！她只能在弥留的时候，殷殷嘱咐把自己的骨灰送回中国。她要永远沉睡在中国的大地上，伴着中国人民，伴着中国的革命，伴着中国的社会主义建设，伴着她自己对中国的美丽的梦想。

史沫特莱同志！三十年前，我们迎来了你的骨灰，把你安放在八宝山革命公墓，和我们的先烈、你的战友长眠在一起。年年岁岁，我们将凭吊你，回忆你光辉的一生，怀念你对中国人民深厚的友谊。现在中美两国人民的友好大桥，已经架起了，两国人民在友谊的通道上，日益增加着了解、合作与团结。你的英灵将永远和我们一起，和中美两国人民一起，同饮友谊的醇酒，一同经历反对世界霸权主义的风风雨雨，一同走向新的胜利。今年是你逝世的三十周年，我写这篇文字，献出我对你的怀念、爱慕、尊敬，也借此慰藉自己难安的灵魂。

一九八〇年五月二十三日于北京

我们需要杂文

有一位理论家曾向我说过:"活人很难说,以后谈谈死人吧。"我懂得这意思,因为说活人常要引起纠纷,而死人是永无对证,更不致有文人相轻,宗派观念,私人意气……之讽刺和责难。为逃避是非,以明哲保身为原则当然是很对的。

另外的地方,也有人这样说:"还是当一个好群众,什么意见都举手吧。"

甚至像这样应该成为过时的哀怨我也听到过很多了:"我是什么东西,说句话还不等于放个屁吗?"

这些意见表现了什么,表现了我们还不懂得如何使用民主,如何开展自我批评和自由论争,我们缺乏气度,缺乏耐心倾听别人的意见,同时,也表现了我们没有勇气和毅力,我们怕麻烦,我们怕碰钉子,怕牺牲,只是偷懒——在背地里咕咕咕咕。

有人肯说,而且敢说了,纵使意见还不完全正确,而一定有人神经过敏地说这是有作用,有私人的党派、长短之争。这是破坏团结,是瞎闹……绝不会有人跟着他再争论下去,使他的理论更臻完善。这是我们生活的耻辱。

凡是一桩事一个意见在未被许多人明了以前,假如有人去做了,首先得着的一定是非难。只有不怕非难,坚持下去的才会胜利。鲁迅先生是最好的例子。

鲁迅先生因为要从医治人类的心灵下手,所以放弃了医学而从事文学。因为看准了这一时代的病症,需要最锋利的刀刺,所以从写小说而到写杂文。他的杂文所触及的物事是包括中国整个社会的。鲁迅先生写杂文时曾经被很多"以己之短轻人所长"的文人们轻视过,曾经被人骂过是写不出小说才写杂文的。然而现在呢,鲁迅先生的杂文成了中国最伟大的思想武器、最辉煌的文艺作品,而使人却步了。

定要写出像鲁迅先生那样好的杂文才肯下笔,那就可以先下决心不写。文章是要在熟练中进步的,而文章不是为着荣誉,只是为着真理。

现在这一时代仍不脱离鲁迅先生的时代,贪污腐化,黑暗,压迫屠杀进步分子,人民连保卫自己的抗战自由都没有,而我们却只会说:"中国是统一战线的时代呀!"我们不懂得在批评中建立更巩固的统一,于是我们放弃了我们的责任。

即使在进步的地方,有了初步的民主,然而这里更需要督促、监视,中国的几千年来的根深蒂固的封建恶习,是不容易铲除的,而所谓进步的地方,则非从天而降,它与中国的旧社会是相连结着的。而我们却只说在这里是不宜于写杂文的,这里只应反映民主的生活,伟大的建设。

陶醉于小的成功,讳疾忌医,虽也可以说是人之常情,但却只是懒惰和怯弱。

鲁迅先生死了,我们大家常常说纪念他要如何如何,可是我们却缺乏学习他的不怕麻烦的勇气。今天我们以为最好学习他的坚定的永远的面向着真理;为真理而敢说,不怕一切。我们这时代还需要杂文,我们不要放弃这一武器。举起它,杂文是不会死的。

一九四一年十月

干部衣服

去年，也正是这个季节，发夏季单衣的时候，大半的人都脱下了破旧的棉衣，精神抖擞地穿着刚刚发下的灰色军服。有的军服并不合身，然而却显得轻松、愉悦。在我们住的这里，有××同志仍穿着旧的棉大衣，或者说把一件破到不能遮住衬衫的洗白了的灰衣裹住身体。我知道他常常有病，手边又没有钱；有了钱不是买香烟就是给了比他更穷的朋友了。我问他的单衣呢，他告诉我已经拿到"女大"缝去了。果然几天之后，他穿着新衣回来了。这是定制的，式样质料都很好，同延安的干部服一模一样。我看见他露出得意的笑，也为他庆贺。可是过几天，有人告诉我，说他欠了"女大"的账，被"女大"催着，很不好。也有"女大"的学生传话说他欠了账，老不给。等等。我听了很生气，一方面觉得被欠的人未免太小气，但主要的却是气××同志。有一天我便找他来商量如何先把那笔欠账还了。不料他却坦然地答应我道："有什么要紧呢，下月我不抽烟，把津贴和稿费一并给她们不就成了？多欠她们几天，让她们去骂我，没关系，我总还算有钱去做衣服吧。下月我给她们钱的时候，她们绝不会骂我的，并且还要对我笑。丁玲同志,你不懂,即使我再穷些,这衣服也不能不缝,因为我穿这身衣服不管走到什么地方,都要被人看得起些,可以少受许多许多气,因为这是干部服。在延安这身'干部衣服'比我在上海的一套西服有作用多了。"于是他又露出那副神经质的、得意的笑。但我看得出那后边藏得有报复和寂寞。

也许有人要说这位同志是意识落后吧。那么我也看见过不被人说是意识落后,而且气度的确比这位同志显得大多了的某女同志。以前我还以为她不够聪明,她把一段很漂亮的藏青色的布去换了一段蓝不蓝、绿不绿的灰布做衣服;后来我才明白,而且佩服她。因为在军事机关里,就正有许多首长穿着这种颜色的衣服呢。她没有像××同志口出讥诮之言,而且还很满意她的想法和做法。

还有人告诉我在延安骑马的重要,因为这不只是代步的问题,重要的是可以改变别人对自己的观感。也有人告诉我马列学院是不可少的,那里没有文凭,可是有头衔呀。诸如此类的话,我听过不少了。我相信这事绝没有载在什么法令或条文上。然而这样的风习却不一定只是敏感的人才能觉得到的吧。既然大家都很忙,成天在研究着一些大的原则问题,那么就让我们来谈谈这些小的具体的情况吧。

一九四一年春

"三八"节有感

"妇女"这两个字,将在什么时代才不被重视,不需要特别的被提出呢?

年年都有这一天。每年在这一天的时候,几乎是全世界的地方都开着会,检阅着她们的队伍。延安虽说这两年不如前年热闹,但似乎总有几个人在那里忙着。而且一定有大会,有演说的,有通电,有文章发表。

延安的妇女是比中国其他地方的妇女幸福的。甚至有很多人都在嫉羡地说:"为什么小米把女同志吃得那么红胖?"女同志在医院,在休养所,在门诊部都占着很大的比例,似乎并没有使人惊奇,然而延安的女同志却仍不能免除那种幸运:不管在什么场合都最能作为有兴趣的问题被谈起。而且各种各样的女同志都可以得到她应得的非议。这些责难似乎都是严重而确当的。

女同志的结婚永远使人注意,而不会使人满意的。她们不能同一个男同志比较接近,更不能同几个都接近。她们被画家们讽刺:"一个科长也嫁了么?"诗人们也说:"延安只有骑马的首长,没有艺术家的首长,艺术家在延安是找不到漂亮的情人的。"然而她们也在某种场合聆听着这样的训词："他妈的，瞧不起我们老干部，说是土包子，要不是我们土包子，你想来延安吃小米！"但女人总是要结婚的。（不结婚更有罪恶，她将更多的被作为制造谣言的对象，永远被诬蔑）不是骑马的就是穿草鞋的，不是艺术家就是总务科长。她们都得生小孩。小孩也有各自的命运：有的被细羊毛线和花绒布包着，抱在保姆的怀里；有的被没有洗净的布片包着，扔在床头啼哭，而妈妈和爸爸都在大嚼着孩子的津贴（每月二十五元，价值二斤半猪肉），要是没有这笔津贴，也许他们根本就尝不到肉味。然而女同志究竟应该嫁谁呢，事实是这样，被逼着带孩子的一定可以得到公开的讥讽："回到家庭了的娜拉。"而有着保姆的女同志，每一个星期可以有一天最卫生的交际舞，虽说在背地里也会有难听的诽语悄声的传播着，然而只要她走到哪里，哪里就会热闹，不管骑马的，穿草鞋的，总务科长，艺术家们的眼睛都会望着她。这同一切的理论都无关，同一切主义思想也无关，同一切开会演说也无关。然而这都是人人知道，人人不说，而且在做着的现实。

离婚的问题也是一样。大抵在结婚的时候，有三个条件是必须注意到的。一、政治上纯洁不纯洁；二、年龄相貌差不多；三、彼此有无帮助。虽说这三个条件几乎是人人具备（公开的汉奸这里是没有的。而所谓帮助也可以说到鞋袜的缝补，甚至女性的安慰），但却一定堂皇地考虑到。而离婚的口实，一定是女同志的落后。我是最以一个女人自己不进步而还要拖住她的丈夫为可耻的，可是让我们看一看她们是如何落后的。她们在没有结婚前都抱着有凌云的志向，和刻苦的斗争生活，她们在生理的要求和"彼此帮助"的蜜语之下结婚了，于是她们被逼着做了操劳的回到家庭的娜拉。她们也唯恐有"落后"的危险，她们四方奔走，厚颜地要求托儿所收留她们的孩子，要求刮子宫，宁肯受一切处分而不得不冒着生命的危险悄悄地去吃堕胎的药。而她们听着这样的回答："带孩子不是工作吗？你们只贪图舒服，好高骛远，你们到底做过一些什么了不起的政治工作！既然这样怕生孩子，生了又不肯负责，谁叫你们结婚呢！"于是她们不能免除"落后"的命运。一个有了工作能力的女人，而还能牺牲自己的事业去作为一个贤妻良母的时候，未始不被人所歌颂，但在十多年之后，她必然也逃不出"落后"的悲剧。即使在今天以我一个女人去看，这些"落后"分子，也实在不是一个可爱的女人。她们的皮肤在开始有褶皱，头发在稀少，生活的疲惫夺取她们最后的一点爱娇。她们处于这样的悲运，似乎是很自然的，但在旧社会里，她们或许会被称为可怜、薄命，然而在今天，却是自作孽，活该。不是听说法律上还在争论着离婚只需一方提出，或者必须双方同意的问题么？离婚大约多半是男子提出的，假如是女人，那一定有更不道德的事，那完全该女人受诅咒。

我自己是女人，我会比别人更懂得女人的缺点，但我却更懂得女人的痛苦。她们不会是超时代的,不会是理想的,她们不是铁打的。她们抵抗不了社会一切的诱惑,和无声的压迫,她们每人都有一部血泪史,都有过崇高的感情(不管是升起的或沉落的,不管有幸与不幸,不管仍在孤苦奋斗或卷入庸俗),这对于来到延安的女同志来说更不冤枉,所以我是拿着很大的宽容来看一切被沦为女犯的人的。而且我更希望男子们,尤其是有地位的男子,和女人本身都把这些女人的过错看得与社会有联系些。少发空议论,多谈实际的问题,使理论与实际不脱节,在每个共产党员的修身上都对自己负责些就好了。

然而我们也不能不对女同志们,尤其是在延安的女同志有些小小的企望;而且勉励着自己,勉励着友好。

世界上从没有无能的人,有资格去获取一切的。所以女人要取得平等,得首先强己。我不必说大家都懂得。而且,一定在今天会有人演说的"首先取得我们的政权"的大话,我只说作为一个阵线中的一员(无产阶级也好,抗战也好,妇女也好),每天所必须注意的事项。

第一,不要让自己生病。无节制的生活,有时会觉得浪漫,有诗意,可爱,然而对今天环境不适宜。没有一个人能比你自己还会爱你的生命些。没有什么东西比今天失去健康更不幸些。只有它同你最亲近,好好注意它,爱护它。

第二,使自己愉快,只有愉快里面才有青春,才有活力,才觉得生命饱满，才觉得能担受一切磨难，才有前途，才有享受。这种愉快不是生活的满足，而是生活的战斗和进取。所以必须每天都做点有意义的工作，都必须读点书，都能有东西给别人，游惰只使人感到生命的空白，疲软，枯萎。

第三，用脑子。最好养成一种习惯，改正不作思索，随波逐流的毛病。每说一句话，每做一件事，最好想想这话是否正确，这事是否处理的得当，不违背自己做人的原则，是否自己可以负责。只有这样才不会有后悔。这就叫通过理性，这才不会上当，被一切甜蜜所蒙蔽，被小利所诱，才不会浪费热情，浪费生命，而免除烦恼。

第四，下吃苦的决心，坚持到底。生为现代的有觉悟的女人，就要有认定牺牲一切蔷薇色的温柔的梦幻。幸福是暴风雨下的搏斗，而不是在月下弹琴，花前吟诗。假如没有最大的决心，一定会在中途停歇下来。不悲苦，即堕落。而这种支持下去的力量却必须在"有恒"中来养成。没有大的抱负的人是难以有这种不贪便宜，不图舒服的坚忍的。而这种抱负只有真真为人类，而非为自己的人才会有。

一九四二年"三八"节清晨

附记：

  文章已经写完了，自己再重看一次，觉得关于企望的地方，还有很多意见，但因发稿时间紧迫，也不能整理了。不过又有这样的感觉，觉得有些话假如是一个首长在大会中说来，或许有人认为痛快。然而却写在一个女人的笔底下，是很可以取消的。但既然写了就仍旧给那些有同感的人看看吧。

勇 气

有一次一个朋友在我们这里玩。这位朋友颇有些力气，身体长得的确是很"棒"的，常常路见不平就要与人交手，据说也有过几次光荣的战史。也许由于我们的赞许激怒了这里的孩子们，也许由于他的英雄气概，总之，有一天不知怎么说说笑笑的忽然赵尚武就同他斗上了。赵尚武是一个刚成年的人，并没有同什么人较量过高下，我们都替他捏了一把汗，想着为什么要自找亏吃。两人在空地上你冲我撞，互相扭结，来去五六回合，赵尚武到底有些支持不住了，于是另外几个年轻人就一吆喝拥了上去帮忙，结果自然把朋友扭倒，算是打了一场胜仗。自然一群人胜一个人并不是英雄，然而这里边却有一个小小的教训。赵尚武若不有勇气去试一试，他是既不会败，也不会胜的；同时也正因为他敢去试一试，在不量力之中却看出他并不是完全无力的；同时也看出了朋友的力量大小，他支持五六个回合，若只是震于威名之下，便先有了退怯的心理，那是只有永远退怯的。或者有人以为赵尚武太不量力，或者有人以为以多胜少，对不起朋友，我以为那倒是另一回事，而赵尚武的勇气，我是赞许的。

中国与日本交手虽说是在一种忍无可忍情况之下，然而还有许多恐日病者认为抗战太早，应该再多准备几年。但现在这战争却已经支持一年了，从前以为一开火中国就失败的，现在已经不说话了；从前嘴里不说，心中悲观的，现在似乎也有些惊讶起中国的能耐了。就是那些外国人，又何尝不是因为中国的抗战，虽说现在仍有失败的，反倒给了中国前所未有的尊敬和同情呢！所以大半的事情都是先要有勇气，干起来再说。不较量是不知道到底谁有多大本领的。不过中国同日本的开仗，不是如赵尚武之简单的角力而已，是要动员全国的力量，争取旁观者的同情，也须有许多筹划，然而勇气和挣扎的精神是最要紧的，是无可疑义了。

一九三八年夏

反与正

演员们常常会同别人讲,"反派的角色容易出",因为这里面不嫌稍为夸张,奸的人无妨使他更奸一点,傻的人也无妨使他更傻一点,演员的自由性比较大,所以也就比较容易演。

文章也是以说风凉话为容易,因为比较不负责任。譬如有些人,因为过去的生活环境,造成你不能太尊重他,相信他,他惯于一种虚伪,提防,严厉,而当他一旦不被敌视俨然朋友似的在人群中时,他会忘其所以,莫知所措或甚至要反噬人几句的,这样的事情是有的,感慨的时候,不负责任的就可以写:"常常被别人当着狗看待的人。"你是不能将他像人看待的,如同久病的人虽说恢复了健康,他是仍然不会走路的,久处黑暗的人虽在光明里也看不见事物,因为他的眼已失去了效用,光明只刺激着他,使他发晕……!但如果要负责任,教育着他,将这种情形消灭掉,那文章是颇为费心事的了。

做人也是这样,"不能流芳百世,也要遗臭万年",这句话就证明遗臭是比流芳容易,英雄是不容易做的,因为他是站在正义上,他虽说有绝大的力量,但他平常即使用一个指头也当心着。然而那些类似英雄的泼皮就容易了,杨志卖刀与牛二是一个最好例子,你看那般人雄赳赳气昂昂,开口白刀子进,红刀子出,似乎都是些拔刀相助的好汉,实际全是些怕恶欺善者流,不足为道的,因为他根本没有做人的责任,乱闯一下子的。

外边有强盗来了,或是田地里须要合力工作,你要去同你的邻人相好,这不是为了你个人,也并非为了某一个人,但如果邻人却不衷心明白你的苦衷,反以你之受委屈为可欺,于是恣意横暴,那么,做邻人是容易的。

这不止于此的说是受欢迎的被叫好的,大半常常属于那些不顾大局的,因为那些表现是比较能投于流俗者的嗜好的,我们知道,社会只是在向好的途中走去,荆棘还塞满了路,这些路就赖着我们去开辟。

所以,为了人类幸福的前途,是须要大多数人牺牲了个人自由,耐心的,诚恳的不被流俗所喝彩,也不以困难委屈而气馁的去工作,这些人也许不会出名,但他的伟大却将因世界的进化而永存在人心中。

苏联的文学与艺术
——在天津文艺青年集会上的讲演

天津这地方对于我是非常感兴趣，因为我在北京的时候常常听到朋友们谈起天津文化、艺术工作的活跃，不管是在青年学生，还是工厂、群众各方面。所以我很希望到天津来和许多文艺工作者见面，但一直都没有实现，直到现在才和大家见面。不过很可惜，我来得太仓促，我毫无准备，时间也很短，而且天津文艺界的同志，一定要我讲讲苏联印象。这当然是我的义务，从情感上也有这样的需要，特别是当着斯大林元帅生日的这天，应当把我在斯大林所领导的社会主义社会里所看到的一些东西和我自己的感想谈谈。现在就让我随便的散文似的谈下去吧。

苏联这个地方说起来似乎很遥远，从北京到莫斯科的旅程实在不短，苏联也是我们常常幻想着的地方，它是一个我理想的世界，但是也很接近。为什么很接近呢？不只因为是比邻，从满洲里车站到苏联边境阿特波尔车站，只有十八里路，而且因为苏联人和我们有着同样的思想、同样的目标和同样的感情。我们的方向一致，不过苏联走得快，在前面，我们走得慢，在后面，但是所走的是一条路。譬如在苏联，我碰到许多人，虽然言语不通，但是我们感觉到很了解。我和法捷耶夫谈到中国的情形，他常常向别的临近的人说：三十年前我们也正是这样的，因此，我感觉到很容易了解苏联，苏联也很容易了解中国。尤其是苏联的文学、艺术，因为苏联人和中国人民的道路、命运、情感是一致的，因此也就受到欢迎并且为大家所喜爱。中国的文学被介绍到苏联去也是同样，因为他们也发生过这些事情，而感到分外亲切。我到了苏联，好像到了理想的，比我原来在的更好的家一样。过去旧文学常谈到的"异国情调"，我是一点没有感觉到，同样苏联人对我们也好像家里人回去了一样，招待非常亲切，而且尽可能不让我们浪费一分钟的时间，每分钟都有事情做，参加座谈会或参观。我到苏联去过三次，到莫斯科三次，列宁格勒①一次，其他小的车站、农村也有的停过。今天时间很急促，不能谈得太多，谨关于我所了解和看到的苏联文学、戏剧、音乐、美术各方面的情况简单谈一谈。

苏联对艺术工作是非常珍爱的，我举个例子来说：在列宁格勒，这是很有文化的城市，但是被德军包围了三年，列宁格勒的人民则努力保卫了这个城市。在战争开始的时候，全城都没有电，因为除了制造武器的重工业以外，别的工厂都转移

---

① 今圣彼得堡。

了。人们是非常艰苦的，城里没有可吃的动物，粮食很少，每个人一天只能吃两小块面包，这种面包百分之五十是代用品，另外的百分之五十是小麦。兵士和重工业的工人每天吃四片，在长期的艰苦环境下饿死了很多人。希特勒下命令一定要攻占列宁格勒，把德军进城后的城防司令都发表了，宴会的菜单也准备好了，但是列宁格勒的人民不让他们进来，而且消灭德军一二百万人。详细数目虽记不清楚了，不过主要的我不是说这些，我只要说在这种条件下，列宁格勒人民的保卫文化工作是如何进行的。列宁格勒是一个文化的古都，有非常多的艺术珍品在这儿。（此处原稿遗失一页——编者注）一样的，每个大厅有二三十张或四五十张名画，徐悲鸿先生告诉我，他认为称得起世界上极品的有四五十张，他很久就想看的几张画家的原画，过去在法国没有看到，在意大利没有看到，在德国没有看到，而现在在这里看到了。大大小小的画布置得非常好，我们跑了一上午，整整四个钟头才跑了五十多间房。另外，我们又看见金窟，里面有金帽子、腰带与古代将军骑士的装饰等，这些都是当作研究古代艺术保存下来的。从这一点可以看出，苏联人民是爱文化的。

在苏联，铜像、雕塑是很多的，街上也有。当时我想，就是让我在街上逛一礼拜我也不会疲倦的。当然不是看百货公司或袜子涨价没有。像这样的美术馆不仅是列宁格勒，就是在莫斯科或者许多其他别的地方都有，只不过小一点罢了。莫斯科美术馆我一共去了三次，连美术馆的人都认识我了，但是我还不满足，我总是想：画画的人在这里住上半年是很幸福的。

在苏联，美术品是最珍贵的，比工业品贵得多，普通一个盘子什么的，几个卢布就可以买到，但是有些带画的小盒子则要几百、几千卢布才可以买到，因为他们是把画当做美术品的。但这不是说只有有钱的人才可以看，是为少数人做的。在苏联，印的名画片很多，一个卢布就可以买到一张，而且套色很清楚，这是又珍贵而且很普及的。

我们中国人不是画画的人，就没有人会画。在旧社会里，只要能够画几棵竹子、兰草、梅花就是才子，所谓"佳事"了。干那行就是对那一行感兴趣，学问是很窄狭的。但是在苏联不同，在美术馆里很多人去模仿那些名画，画得非常好，在中国就可以说是画家了。有些人穿着西装，不知道是做什么的，我脑子里想，这大概是学美术的学生。后来又看到了三个穿军装的人也在画，我问了一下招待我们的人，他告诉我，这是兵士。他的态度是很安详的，一个兵士会画画，在他们看起来是一点也不感到奇怪的。后来我明白了，每个苏联人最少要受十年教育，在学校里画得很好的学生，毕业后喜欢学什么，就仍然可以继续，因此，一个普通人能够画那样好也不稀奇，直到我参观儿童宫才更加证明了。这是苏联政府给小孩子办的，是小孩子从一年级到十年级课外学习的组织。为了办儿童宫，国家是用了许多钱的。列宁格勒的儿童宫是沙皇过去的宫殿；莫斯科的儿童宫是沙皇时代大资本家的房子，都是非常好的，小孩子到这里，愿意学什么就学什么，喜欢化学就选化学，喜欢飞机就选一门飞机课。这里都是苏联的专家来指导的。在学画方面有三班，最低班的小孩不过七八岁，主要是学画的基本练习，我们到那里去的时候正在画蝴蝶，先生告诉这些孩子看颜色，画得非常好。到了高级班更使我们奇怪了。那时正布置圣诞节，准备画很多历史画、作家像、普希金诗里的故事。我们看这些小孩们只用铅笔涂几下，就开始用色笔，很快地涂出一个骑士或很多军队出来。这是因为有这样的制度，有人教育他们，在小时候就培养专门的人才，他们的前途是无可限量的，因为以前的人没有这样的条件。

音乐也是如此。我这次没有去参观。有一个小孩子的音乐学校，马思聪同志看过后非常满意。小孩子弹钢琴，拉提琴，弹吉他，制曲子，唱得好更不稀奇了。这些小孩子都是非常有天才，而又喜欢音乐的才选到音乐学校来的。除了音乐外，别的课程也是重要的。中国也讲究技术，"坐班"，可是翻筋斗就是翻筋斗，怎么翻得更好，使翻筋斗能表现人民的生活就不行了，因为缺少学问。在那里学音乐外，还要学文学、音乐的知识等，这是非常普及的。但是在苏联，我们看了很多音乐会，所有指挥几乎都是大胡子或白头发，都是非常有经验，年轻的人是没有的。因此我说它是专门的，但又是普及的。

我感到很奇怪的，就是不管到了哪一个村子，人们都会音乐的。有一次在一个飞机场等飞机时，很多苏联人欢迎我们唱歌给他们听。可是我们还没唱人家就唱起来了，所有的人都会唱，老头子、老太婆、男人、姑娘、小孩。一个陆军兵士弹钢琴，一个海军兵士跳舞，都非常好。后来我们没办法才勉强乱凑了一个《没有共产党就没有新中国》。在乡村，人们很多都会手风琴的，收音机也很多。汽车里有收音机，上了车一转音乐就播出来了。就是我们住的旅馆，在每层楼梯口管房间钥匙的人，在他旁边一个小桌上都有一个收音机，他可以看小说，听收音机，写东西。流行的歌曲像《民主青年进行曲》《祖国进行曲》，这是经常播的。在苏联，业余的俱乐部也是很多的，工人工作完了可以去学音乐、唱歌等。每个工厂都有乐队，剧团也很普遍，因此在苏联，一个人不会唱歌是很奇怪的。

在苏联我们看戏最多。莫斯科有几个著名的大戏院，像莫斯科大戏院、艺术剧院、丹琴科等。在这些大戏院中的演员都是固定的，在艺术剧院表演的演员就总是在这个剧院表演。苏联的剧院是非常多的。譬如我们到了新西伯利亚城，这里有八十万人口，但是这里剧院的好是无法形容的，比莫斯科大戏院还好。莫斯科大戏院有二千个位子，但是宽得很，一共有六层楼，整个戏院只有两种颜色，比较凸出来的东西是金色的，椅子背、门窗的帘子是大红丝绒的。在楼上的座位是包厢，每个包厢后面还有休息室，里面有沙发可以休息，外间有门通大厅和走廊，可以散步，同时走廊和大厅里展览着古代戏剧的衣服、演员照片、戏剧的照片等。戏院虽然很大，但是在六层楼顶也可以听到，看更容易了，用几十卢布就可以借到一个望远镜。但新西伯利亚的剧院更好，走廊都是大理石的，每个包厢都有个门通着，路很多，人们很难碰到一起的。几十包厢就有一个放衣服的地方，这样在散场的时候是看不见纷乱、拥挤的情况的。形式更近代化，也更单纯一些。苏联戏院的戏码是每天都换的，当然也有例外，像演《安娜·卡列尼娜》就可能演一个月，不过一般的都是天天换的，虽然布景舞台装置是很困难。主要原因是熟练得很，而且演员多得很。话剧演员较少，歌剧一上台就是一百多人，但是一个剧院的演员是不止一百多人的。一个演员一个月里只演十几天戏，其余的时间是排新的戏。

苏联的演员和我们中国旧戏的演员不同，咱们的演员就是演戏，而苏联的演员社会活动很多，他们可能是州苏维埃的委员，也可能是市苏维埃的代表，同时，演员们也有自己的学习。譬如要演《安娜·卡列尼娜》这个剧，他要看托尔斯泰其他许多著作，以及十九世纪俄国社会的情况与贵族的生活，同时还要参加马克思主义学习组。这种学习组织是没有一个机关没有的。演员都是薪水制，头等演员薪水很多，而且有"人民艺术家"或"人民演员"的称号，这种称号是经常冠在他的名字上的。这种演员是到处受欢迎的、受尊敬的，我们曾在布达佩斯碰到；在和平大会上碰到；在苏联高等干部的晚会上碰到，他们在社会上是有地位，人们是尊敬他的。当他表演时，每演完一节拉幕三四次，全部演完拉幕七八次甚至十几次。这些演员很少是年轻的，大都是四十岁以上。乌兰诺娃是苏联有名的舞蹈家，跳得非常好，在她表演的时候，脑子从未想到她跳得好，长得漂亮，而只是跟着她的情感走，把你平常而庸俗、琐碎的情感提高了。她是国际民主妇联的代表，我在会上碰到了她，看起来已经是一个老太婆了。但是在表演时就像一个很年轻的小姑娘。艺术不是容易的。我们中国演戏首先看条件够不够，嗓子好不好，有了这些条件就当演员了，上过几次台自己感觉演得不错，名演员们包袱就背上了。事实上演得好不是技术问题，而且他彻底懂得人民的思想、感情，而且能够表现这些东西。

当然也有普及的。工厂里有剧团，学校里有剧团，就是小孩子也有剧团。在那里，小孩编剧、做舞台工作、演戏，都是小孩子自己的事，观众也是小孩子。这种专门戏剧学校是很严格的，是把在学校中有戏剧天才的小孩子选出来的。我和法捷耶夫谈起，说中国有很多文工团。他问我，这些团员从哪里来的呢？我说，有学校的学生，剧院的演员，农村剧团的演员等。他又问，所以使他们做文工团员是不是因为有天才或者感兴趣呢？是由于对戏剧有兴趣，我回答。事实上，有兴趣不过是一个条件，而在学习中如果看不适合，也是不能做个演员的。特别是我们的文工团员,人都是知识分子,而演戏都是对它有兴趣,而有的可以向前发展,有的就不能够;有的能坚持下去,有的就不能坚持。因此就应该有组织、有计划地培养专门人才。像苏联的跳舞学校,七八岁的小孩学跳舞,在小学时要考试。这些孩子们对音乐的领会,懂不懂节奏,合格后入学,但一二年级后发觉了不适当学跳舞,则改行学别的。

我们在苏联看了普希金的《青铜骑士》,当演到骑士骑马走到河岸时,台上则满了水,而且一步一步地高起了,水上的波浪也是不停地掀动,像真的水一样。在演员方面也是一样,我们这次看了《安娜·卡列尼娜》,我们是五月到了列宁格勒,可是演戏是在六月,但是戏票却已经卖完。扮安娜的演员只这一个戏就得过斯大林五次奖金。在幕刚一拉开的时候,我们看扮演安娜的演员一点也不漂亮,很胖,像程砚秋似的。特别是在她家里的那一场,很多贵夫人、小姐都穿得很鲜丽漂亮,安娜只穿了很简陋的墨绒丝袍。托尔斯泰在小说里是尽量形容安娜的服装是漂亮的,可是我们乍一看真不好,但是越看下去,越感觉安娜好看,越觉得安娜高尚,而且因为她的正派,而那样同情她,感觉到别的贵夫人都不如安娜。我过去是喜欢看美国演员戈勃的戏的,但是她演的是一个浪漫的女人,那么造成那样的悲剧的结局是没有人同情的,可是看到了这个演员安娜的戏,因为她的高尚、正派而那样的同情她。很多苏联人都哭了,女人都哭出了声音。苏联人之所以同情她是同情这种人物在那个社会里所受的压力,这把托尔斯泰的小说特点完全表现出来。戏演到了好的时候,负责给我做翻译的同志也出了神,忘记了给我翻译,其实我也不需要,因为我是完全了解的。

我们今天的文艺工作,是停留在教科书上,总是告诉人家一定要这样做、那样做才对。在农村里的剧团演戏,像《白眼狼》描写土改斗争地主的戏。所有这样的戏一定是地主要花样,而且一定有狗腿子,一个富农,一个中农,一个贫农,一个工作干部。这些戏是教育了群众,因为看了戏群众知道了不要上当。我们总是拿这些事情告诉人家。但在苏联看过了一个戏,人家问我怎么样,我说很美,可是心里想这种戏和实际有什么联系呢?但后来又看了两三个戏,才明了人家比我们高一级。苏联的艺术是提高你的思想、情感,使你更爱人类,更爱人民一些。因此苏联选了很多古典的东西来上演,像《青铜骑士》《安娜·卡列尼娜》等戏都是提高人民的情感的。像《乡村女教师》这个影片中,其中没有安心工作、服从组织的东西,而且她有一个思想,为着实现它而努力工作着,因此使人感动,印象也就深了。有人说我们的艺术不好,那我们一定要保护。过去我们没有很好地宣传,人们还不懂这是新的人民文艺。为什么不懂呢?因为我们常常顾到自己小范围的事,而不爱关心别人,今后应当广为宣传。但是当我们要求自己的时候,是要提高一步,能使人家印象深一点才好。我碰到一个小孩是在延安长大的,我问他:"愿意看戏吗?"他说不愿意,愿意看《红楼梦》,我很奇怪,问他为什么,他说,《红楼梦》里的人物我看得见,戏里的人物是模糊的。但是我们提高并不是叫人看不懂,实际上提得更高是更普及,是使每个人都能接受的。

关于苏联的文学,我们翻译了很多,我在这里不想谈了,只讲讲苏联作家一般的生活,我是一个不愿意做工作的人,可是第一次从苏联回来以后觉得不做工作没有办法。在苏联写文章的就是写文章,只莫斯科就有九百个作家,但是他们写文章也不是容易出版的。即使一个人写一本书,那么一年就是九百本了,虽然出版条件好,也是要选择的。现在苏联只有作家协会出版的四个大杂志,当然其他别的杂志也登文艺作品。作家都是靠稿费生活的。法捷耶夫告诉我:作家收入很多,一个作家的收入要等于四个工程师,在苏联工程师的薪水是最高的,但我想这不是每个作家都如此。稿费分作很多等级,以稿子的好坏来算为哪一等,一个剧本上演得经作家俱乐部讨论,交艺术委员会去上演。法捷耶夫的《青年近卫军》是为青年所拥护、欢迎的,而写剧本的对这些好的作品一定要排成戏和电影的。不过,普通的作家的薪水不过比一个工人多一点。读者爱作家,并不像我们叫他签个名字,而且给他的作品提意见、讨论。《青年近卫军》出版以后,法捷耶夫收到两万多封信,是讨论他的作品的。这是表示人民关心作家的活动,并给作家以鼓励和帮助。

苏联作家彼此批评的工作比中国好得多。中国批评工作很难展开，大家都知道这是武器，可是却拿不起它。当然，我们理论水平差，几个人讲一群还可以，可是写文章就不敢了。因为自己没有把握。一个作家得不到批评是最痛苦的，因为没有反映，但是他仍然要写下去。苏联作家经常开批评会，每三个月时论一次作品，法捷耶夫在作家协会对我说：我们把批评看得很重的，当然也有人因为是朋友而不加批评，这对他的朋友很好，可是对作品是很坏的，对读者是很坏的。

我的一本小说被译为俄文，这并不是我的小说好，而是苏联人关心中国的东西，我那本书被译过去得比较早些。因此我走到了哪里，就有人对我说看过我的书，内容如何如何。VOKS的工作人员告诉我，读过我的作品并且讨论过。勃尔诺娃是做工会工作的，她告诉我，她是和她女儿一齐读了我的小说的，并且把她们读的那本半旧的书，签上名送给我。苏联作家协会为了我的小说召开一次座谈会，巴夫连柯、爱伦堡等都参加了。在我感觉到作为一个苏联的作家是幸福的。

我写的这样的小说，在中国很多，因为被翻为俄文早些，因此苏联人民就把爱中国人民作家的情感放在我的肩上，我感觉到很惭愧。所以我想到一定要把苏联人民对我的关心告诉中国的作家，使他们知道并能得到鼓励，使他们不要灰心，到了我们的政治、文艺、情感提到那样高的水平时，也会有那样的生活实现的。

　　我曾参加了作家协会编辑的座谈会,是一个专门批评我的作品、提意见的会。他们并不是看一个中国作家怎么样,而是进去坐下就谈,就像在延安开小组会似的,立刻提出问题叫我解答。记得提了三个问题。第一个问题是这样的:小说中的人物没有名字,俄国人不好记,是不是给这些人物起一个名字?我的回答是:这样的人根本就没有名字,我是不能起的,因为中国妇女,特别是农村妇女受压迫,连名字都没有。他们很了解,也很满意。

　　他们尊重作家,并不是看人,而是看作家的工作。譬如我临回来的时候,碰到人向我说,你回去写了什么文章,下次带来。因此,我感觉到应该告诉中国的作家,他们对我的关心不是对我一个人的,有时自己一个人顾及这些,可是今天很高兴,我就讲出来了。我们应该向苏联学习,要学习关心别人,不要净看见自己。

一九四九年十月二十一日
(孟帆记录整理)

谈文学修养[①]

诸位要求我讲的正和《文艺报》的读者来信中常提出的问题一样:"怎样写典型人物?""怎样描写工人?""怎样把作品写得深刻动人?"……等一类问题。这种要求表现了爱好文艺的人企求别人赶快告诉他一种方法,使他得到这个方法之后能够运用自如地从事创作。事实上恐怕不会这么简单,我怎能告诉你们怎样写典型人物呢?我倒很想得到这个便宜,可是没有人能告诉我。

我想还是不讲这些。现在典型人物多得很,我们有很多劳动英雄,不管是工厂里、农村里、各个部门都涌现着各色各样的典型人物;这些人物存在着,我们却没有能很好地表现他们。而且这个人说这个典型,那个人说那个典型,到底什么是典型呢?我看还是写出来再看。我们只谈"谁是典型""写典型人物"呀,是不能解决根本问题的。我觉得,要从事文学工作总应该有点长期打算,要时时刻刻考虑着给自己的箱子装进一点货色与财富。像一个卖东西的小贩一样,如果他的箱子是

[①] 本文是在《大众文艺》星期讲演会上的讲话。

空的,那他去叫卖什么呢?若是零星地从这个集市买一点又立刻到那个集市去卖掉,虽然也能赚些钱,但养不活家里人,这样终年很劳苦,没有物质根基,到最后箱子仍然是空的。我们在思想上是反对私有财产的,但知识一定要用箱子来装,我们随时随地都要去发现一些东西,而且对这些东西,一颗钉子,一张小洋铁皮,一块木头,都要爱它、喜欢它,像贪财者珍视他们的金元宝一样。时常翻动翻动,再随时添进一些,而且要溶化它,使这笔财富生长壮大成熟,直到想用什么就能拿到什么。所谓文学修养就是要作这样的长期打算。

这些天平安电影院在放一部影片,这部电影片并不好,但其中有一点可以拿出来谈谈,它说明学跳舞,一辈子要一蹬一垫地跳下去,不能停止,一停止就完了。文学也是如此,要不断地生活—学习—写作—生活—学习—写作,继续下去,你若说"我累了,不写了",那也就完了。你看电影里面学习跳舞时,是没有休息地只跳一些最简单的动作,好像很无味,但味道就在这里,那是劳动,劳动就能创造,就会有成果,就会感到愉快。从事文学就是生活、学习、写作这几件事的循环,从创作中又有心得,又学习到新的东西,你说这苦吗?但文学工作者偏偏就喜欢这些,他怎么也不容易转到别处去。

我们遇到的一些问题不一定要求马上解决,这是不可能马上解决的。每个人都有他一定的经验和方法,你自己进展到什么程度才能接受相当程度的东西。我们十多岁时看《水浒》和

《红楼梦》,同现在看《水浒》和《红楼梦》就完全不同,这就是你这么多年来的经验已把你提高了一步的缘故。这些经验是怎样得来的呢?

我们先谈学习。这里所谈的学习是指念文学书(读马列主义,提高政治理论,确定正确的人生观,今天为时间所限不谈它)。别人的作品里留下很多经验给我们,作者如何体验生活、感受生活,都在作品中表现出来。要学习如何写"典型"也在这里,写"典型"有没有方法,有,但不是一下可以传授的。不是说一说就行,而是在长久劳动之中,才能体验出成功者的经验,成功者的经验是不能收藏的,他的作品就是一种具体表现。同时也不是就可以沿用别人的经验,这只是给自己一种创作的启示。别人的经验要靠我们细心研究,慢慢地积累。可是我们平常很少注意这些。有一个大学教授在一个会上谈到现在他们文学系的学生喜欢看理论,钻研什么是浪漫主义,什么是现实主义这些问题,但不喜欢读作品。他们要讨论一部作品时都要挑选短一点的。像这样不注意从别人作品中吸取他们总结下来的经验,怎么能学好文学呢?我曾经与一个写诗的谈天,他说他写诗只是靠感受的,所以他不喜欢读书。认为诗要靠感受一些东西,那当然是对的,但不读书,不向别人学习,只靠天生感受确是很玄妙的,我简直不能理解。我问他:"请问你开始写诗时为什么要分成一行一行的呢,这还不是从你读别人的诗学来的吗?无论如何,你要是不读书而想成为一个诗人或文学家是不可能的。"

我们没有在俄国的贵族中生活过，但我们也能对这些贵族生活有些了解；如果一个戏里演俄国贵族的演员演得不像，我们也能指出来。这是为什么呢？这是从托尔斯泰和其他伟大的俄罗斯作家的文学作品中得来的知识。我们没有和流氓在一起生活过，但由于读过"上海黑幕"一类的书，他们讲的话、长相、行动在我们脑子里的印象很生动具体，聊天中谈起这些人，我们似乎也有门槛。像妓女，我们是不可能有这种感性生活的，但对她们的情况也知道一些，也是从书上看来的。一个人哪能经历所有的生活呢？写工人吧，工人中也有个别落后分子，他的落后是有历史与社会根源的，你要教育他，写他的转变，不懂那个旧社会怎能写出来呢？可是那种旧社会又一去不复返了，那又怎么办呢？这就靠我们学习，从书本中去学习生活。像连阔如，他并没有参加过二万五千里长征，可他能写出长征的故事，怎么写出来的呢？他是听来的，是在学习中努力得来的，但也因为他在很多鼓词中学到一些描写英雄掌握气氛的本领。所以"多读书"对我们来说是很重要的。这样的学习可以开阔我们的眼界，使我们对生活的理解的圈子更宽广、更深入。

从中国旧文学里我们也可以学到很多东西。有人说从中国旧文学里学不到什么东西是不对的。古代的章回小说如《红楼梦》《水浒》《三国演义》这些作品里表现人物的方法确是生动得很,他们的语言和现在的语言并不一样,像《三国演义》半文不白的语言,《西游记》有很多四六对仗的句子,但这并不妨碍我们去喜欢这些书。这些小说写人物的方法和我们现在写人物的方法很不同。现在作品的创作手法大多着重叙述,像是作家在那里讲解道理和情况,教人读了以后,道理似乎是弄清了,却不留什么印象;而这些旧小说是用无数的有趣的故事烘托出人物的心情与个性。现在随便举两个例子:如《红楼梦》里贾宝玉、林黛玉、薛宝钗饮酒一段,宝玉说他只爱冷酒,不愿烫暖了喝,宝钗这时劝他:"……若冷吃下去,便凝结在内,拿五脏去暖他岂不受害?……快不要吃那冷的了。"宝玉听得这话有情理,便放下冷酒,令人去烫了。这时黛玉在旁,她是好多心的,作者是用一种什么手法表现这种性格呢?作者描写道:"黛玉嗑着瓜子儿,只管抿着嘴笑。可巧黛玉的丫鬟雪雁走来,给黛玉送小手炉,黛玉因含笑问她说:'谁叫你送来的?难为他费心。那里就冷死了我?'雪雁道:'紫娟姐姐怕姑娘冷,叫我送来的。'黛玉一面接了抱在怀中,笑道:'也亏你倒听他的话。我平日和你说的,全当耳旁风,怎么他说了,你就依的比圣旨还快些?'……"这么简短的几行,就生动精细地刻划出林黛玉的性格,这还不值得我们学习?又如《三国演义》最后快结束时写阿斗这个人物的一段:阿斗已投降司马昭,有一天司马昭令蜀人扮蜀乐,蜀官尽皆落泪,唯有阿斗却嬉笑自若。司马昭问他:"颇思蜀否?"他答道:"此间乐,不思蜀也。"这时阿斗出来更衣,蜀官郤正跟了出来对他说:"如何答应不思蜀也,倘彼再问,可泣而答曰:'先人坟墓,远在蜀地,乃心西悲,无日不思……'"阿斗牢牢地记住了这句话,入席时司马昭又问他:"颇思蜀否?"他就很"聪明"地用郤正的话回答他,想哭又哭不出眼泪,只好把眼睛闭起来。司马昭一听就知道这话不是阿斗的话,就说:"何似郤正语耶?"阿斗慌忙睁开了眼睛,告诉司马昭说:"一点不错,就是郤正教我这么说的。"就这么简单的描写,阿斗这个人物成了典型,读过一遍《三国演义》的人,这个印象都很深刻。这样的例子太多,随便都可找到。

从这些简单的例子就已看出,我们的文学遗产里有多少值得我们学习的东西。他们描写的人物跟活的一样;他们描写的故事情节和画一样;短短的几行就写出一个生动的人物,你说是典型人物也可以,使我们读书时好像不仅见其人而且也闻其声。我们读这些书,当然不是学那里面人物的观点,像贾宅上那样的人是过去了的,他的出路只有做和尚。我们要学的是他们的表现方法。像《红楼梦》这种在极其平淡无奇的日常生活中刻划人物的性格,我们在写人物时是应当好好学习的。要叫我们写这类人物,常常是一番大道理在前面,他的思想如何如何呀,他的出身如何如何呀,……一大堆累赘的叙述。作者这么说,读者什么也见不到。

除了从古书里学习以外,我们更要多读现代同时代人的书。别人的作品即使全部不好,只要有一段好,一个人物写得好,都是可以学习的。每一点一滴你都要吸收来,装进你自己的箱子,把它溶化,成为你自己所有。一般人都有点好高骛远的癖性,总是唉声叹气说我们的好作品太少,看一本书只是挑剔人家的缺点,而别人的长处却不注意。实际上,别人的作品中,不管怎样,多少都有一点优点是自己所没有的。这些就很值得学习。外国的作品,尤其是苏联的作品,也该好好学习。从别人的作品里学习,不要死学,不要抄袭。西洋有一句俗话:第一个形容女人像花的是天才,第二个人仍然这样比喻便是蠢才。

其次,我们谈谈生活。要到生活中去,当然是天经地义,但现在我们经常听到有人说:"我还没有材料,不能写。"似乎生活只是为了材料,而且是为了找材料才去工厂或农村。下工厂去的人硬拉着工人对他谈"材料",找各种机会探听"材料",等他们写成作品时,也仍然是一段材料,甚至因为他的写作能力,而只成为一篇不动人的材料,枯燥无味,使人读了只好摇摇头叹息一声:"没啥意思。"假如只是要这些材料,那报纸上经常登载有工人、农民、兵士的诉苦,何劳你亲自跑一趟,这不是劳民伤财吗?去生活是应该的,但"生活"不是"搜集材料"。

你要想了解每一个你所要描写的人物是不容易的,首先要和他们感情相通。譬如一个知识分子在改造过程中受到批评时，他的难过的心情对我们知识分子出身的人是容易了解的；但一个年轻人遇到这种情形也许会瞪着眼睛急躁地说："你有缺点你承认不就得了，那还难过啥？"这就是由于这个年轻人对知识分子的爱面子和自尊心的性格不了解，如果叫他描写这个知识分子就不行。我们要想写工人也是这样，必须和他们在一块，有血肉相连的感情；这并不是说你非去做工人不可，参加工会工作也一样。了解农民也不是一件容易的事，他们平常父子之间也很少讲话，你只靠同他们谈话来了解他们实在很难。要写出他们，你必须参加群众的斗争生活，理解他们新鲜的、战斗的、热情的感觉才能启发自己的感情有所变化；在这种生活中，你的脑子才可能灵敏、新鲜、明朗，处处想到别人而不想自己。你看，一班战士听到冲锋命令以后立刻就毫不犹疑地冲上去，他们难道不知道冲上去有生命的危险吗？但他们这时候想不到这些，他们在这一刻之间，思想表现得尖锐明白得很，他们在这一刻只想到集体，想到这一次战斗，去消灭敌人呢还是让敌人消灭自己。你要了解他们，只有和他们共同战斗，这样才能锻炼、丰富你的情感，你的情感才可能与他们的情感互通声息，互相交织在一起。一个农村妇女在分浮财时，她可能为少得一只箱子而叨叨咕咕好些天；但当她觉悟提高时，她会自动地送她的儿子去参军，你不参加他们的战斗生活，你能理解这层情感吗？只从理论上认识"为人民服务"很简单，要真正做到是要慢慢锻炼的。要我们参加他们的队伍，在一起战斗，拿他们的生活感情教育提高自己，我们才可能对他们有广泛的了解与深入的体会。这样写出的作品才会是栩栩如生的；相反，你如果不体会群众的思想感情，而只凭搜集来的"材料"装进你的作品，那你的作品是没有血肉的。

最后，我们谈谈练习。只是念书、生活，不练习写也是徒然。一次写不好可以再写；再写不好，又写；多练习就一定可以一次比一次写得更好。不要因为进展得慢就松懈下来。像练习赛跑一样，普通人跑百米大约要十四秒钟，你想用十二秒跑到，虽然只早到两秒，那确不容易，必须要每天不断地练习，不是"想"跑快就"能够"跑快的。另外，也不要因为有了一点小小成绩而自满，假如你看一篇一个月以前写的自己认为满意的作品，仍然自言自语地夸奖："这真好呀！"那就表示你一个月来没有进步。不要认为能写几篇文章就是一个作家了，一个初中学生也会作文的呀！

写什么呢？写你喜欢写的，什么使你最感动，最熟悉什么，你就写什么。但怎么能使你所爱的、被感动的也恰恰是人民所爱的、所需的呢？首先的问题是如何使自己的感情符合于大众的感情，又符合于理论。这不是一天两天可以做到，这是要有一种伟大的人格，完全为人民而并非为自己，一点不市侩，不投机取巧，要下决心去掉架子，敢于正视自己的缺点。世界上有那么一种人永远都不犯错误的，也不碰钉子，好像他是胜利的。在庸俗的个人利益上，也可以说是胜利的，但他却毫无所得。他不能感受群众的情感，不能感受伟大的情感，不能感受悲苦和愉快。这样自然不会写出伟大的作品来的。所以必须在实际工作中去锻炼，而且也读马列主义书籍，但这不只是属于文学工作者自己应有的条件，文学工作者的任务也就是要使人人具备这种伟大人格、伟大理想和崇高的品质（现在不能多谈这些，这是每一个人的各方面的修养问题）。

假如你因为感到现在是工业建设时期，一定要写工人，而自己又一点工人的生活都没有，那即使勉强写成，也一定不好。整个文学不是靠一个人撑台的，这是一个队伍，这个队伍有打大旗走前面的，有打小旗走后面的，这个队伍是有目标的，向着这个目标，我们能做什么就做什么，不要勉强地做自己所不能做的。你如懂得农民就写农民，你可以写农村工业化的远景，如果你写农民是赞扬留恋手工业方式，那就不是向着我们的目标了。你懂得小市民，就可以写出小市民在新社会中如何起变化。只要你写的时候能有正确的观点，有一定的批判，方法上不犯错误，有剪裁，有思想，没有低级趣味，那又有何不可呢？当然，我们不能局限在我们所熟悉的生活圈子里，我们一定要努力使我们的生活面更广更深，而且要朝着工农兵方向推进。

练习时不要写大作品，大作品需要有丰富的生活经验和相当的组织能力，这些条件不足时，我们可以写些短小的作品，这样一面可便于练习写作，一面也可以适应工作需要。写的时候不但要谨慎，而且也要有勇气，有魄力，要大刀阔斧地用各种新方法，生动、深切地表达出思想内容。不要只是缠绵于一套旧手法。

我想在结束前谈谈学习、生活和写作应有的几种态度：

第一，要虚怀若谷。不要把自己看得了不起。我自己现在所能做到的离所想的还差得很远。你们问我"该怎样写？"我是答复不出的，我也不能回答你们"如何写工人？"这一问题。今天时代这样伟大，我能掌握的只是很少的一点，而且所能表现的一点点还很不满足。古语说"谦受益"，谦虚是可以从各处得到东西的，不能看到一本书后就说："没有什么可学的。"一部工人的作品也许不很好，但如果我们谦虚地学习，就一定能学到不少东西。

第二，要老老实实。谦虚并不是叫你到处都说"要当小学生"，你懂得一点就说一点，懂就是懂，不懂就是不懂。你只有二分感情，你就写出三分感情，不要装着有十分感情，那么做是不能瞒住别人的，只会使别人看了更觉得你作品中感情的贫乏。

第三，自己要有见解。谦虚并不等于自己一点见解没有。要有见解，不要人云亦云。街上常见到商品的"货真价实"的广告，也许我们却最上当地买了不好的东西。人家都说《红楼梦》好，到底好在什么地方呢？要自己去钻研，自己有一定的见解。经久地用自己的进步来修改自己的错误见解。

第四，要坚持。人家说，学文学要有天才。天才是什么呢？天才就是经验的积累。所以我们一定要经得起刺激、挫折和失败，坚持下去。有的人抓住一点钻研了一会，过些日子看到别的，他又从头来，这样始终达不到目的地。你也要经得起夸奖，别人对你称赞两句，你就高兴得上了天也不行。我们现在多少还保留些旧风气，对你的缺点不当面说，当你的面只说些好听的话。演戏时有那么多观众，总会有几个人鼓鼓掌的。你不要被这些甜言蜜语冲昏了头脑。

我的讲演完了，希望大家多储蓄一点本钱，把自己的箱子装得更满一点！

一九五〇年初春

漫谈散文

有的人把散文看得比小说低一些,这是不正确的,也不符合历史的实际。我国散文有悠久的传统和多种样式。古代许多感情强烈、语言优美的序、跋、记、传都是散文。司马迁的《史记》是散文,范仲淹的《岳阳楼记》和欧阳修的《醉翁亭记》也是散文。它们写得多么好啊!这些散文之所以能流传后世,不只是因为文字美,主要是有思想、有感情、有心胸、有气魄。后来有一种倾向,认为散文容量太小,不能把一个时代、一个历史过程写进去,读者读起来意思不大,要看气势磅礴的小说才过瘾。其实,历史本身就是一部宏伟的巨著,反映历史需要小说、戏剧、史诗这样的长篇大作,也需要短小精悍、情深意切的散文。一篇好的散文也能就历史的一页、一束感情,留下一片艳红、几缕馨香。不管是散文还是小说,只要写出人物来了,写出时代来了,写得动人,写得能启发人、能感动人、能教育人,就是好作品,就会受到读者的欢迎。

现在,思想深刻、文字优美的散文多起来了,但也有少数散文作者的写作态度不够严肃。他们写散文好像是为了发发感慨,写写风景,只在辞藻上使劲,没有在思想内容上下功夫,写得轻飘飘的,没有分量,引不起读者的兴趣。事实上好的散文,读起来是很愉快的,读者是欢迎的。现在大家工作都比较忙,没有充分的时间读太长的文章,散文这种形式就比较合适。散文可以偏重于写风景,但必须有思想。风景是人欣赏的,你写风景、写山水,如果不寄寓自己的感情,那有什么意思呢?画家的山水画画得好,是因为他心中有山水,画的是自己心中的山水。如果心中没有山水,没有自己的感情,是不可能画好的。写散文也是一样。

现在有的读者读文学作品只是看故事,消磨时间。有的报刊为了销路,就迎合这种要求,刊登些编造故事情节的小说。少数出版发行部门朝"钱"看,愿意出版这类惊险离奇小说。而把散文、报告文学书籍的阵地挤得很小,即使出版了,印数也少得可怜。这也影响散文创作的发展繁荣。

我赞成写小说的人也写散文。一篇散文只有两三千字,甚至几百字,要写出东西来,给读者以深刻的印象,就得讲究文学语言,写得精练一些,深刻一些,有分量一些,给人的东西多一些。写诗的人也应该写散文。前几年一位诗人对我说:一个期刊编辑部办过一个诗歌作者学习班,发现个别的年轻诗人要用一两千字把一件事记叙清楚都很吃力。这样怎能写得出好诗呢?诗人的感情特别强烈,想象特别丰富;文笔要求凝练和谐、生动准确。如果能写出行文如行云流水般的散文,那就证明他的语文基础很好,具备了写出优美诗篇的重要条件。

我曾经和两位藏族青年作家谈过，搞文学的人要具备正确的人生观和世界观，还要打好两个基础：一是生活基础，一是语文基础。打好语文基础，就要经常练习写散文，像画家经常练习速写那样，想写什么，就抓住它，几笔就能把神儿写出来。开始可以先写些小东西，不要把它当做什么大作品，让别人看看，能用就用，不能用就拉倒，算是习作。每写一篇都要注重文字，不只把事情写出来，还要把文字写好，写得准确、鲜明、生动；特别注意不要虚假，要有真实感情，否则即使用了许多高级形容词，什么伟大呀，激动呀，红太阳呀……读者看了依然不亲切，不舒服。

写散文看起来容易，实际上并不是那么容易。我写的时候就有这样的感觉。有时半天可以写一篇，有的一篇要磨好多时间才能写出来。例如《诗人应该歌颂您》，一个上午就写好了。可是写《曼哈顿街头夜景》就磨了一年多。在纽约时开了个头，回来后写写停停、停停写写，过了一年多时间才写出来。看起来好像是一气呵成，其实不是那么回事，不是想写就可以写的，有时就是写不出来，实在写不出来就暂时放一放。

有些朋友对我说，我的散文有的可以当小说来读，如《回忆宣侠父烈士》就是这样。而《杜晚香》我是把它当小说写的，但里面有很多散文的东西，开头部分就像散文。实际上《杜晚香》中的主要人物虽有原型，但其他人物大都是虚拟的。《粮秣主任》应该是散文。但写时我没有考虑是写散文或是写小说。我不是从形式出发，而是从内容出发，怎么得心应手就怎么写。所谓小说、散文是评论家后来总结区别出来的,前些年有家文学出版社编我的《短篇小说选》,有的同志认为,从文体上看,《粮秣主任》和《杜晚香》都可以说是小说,建议把这两篇放进去。他们说,从"莎菲"到"杜晚香"可以看出几十年来我走过的创作道路。我不反对这个建议,就把这两篇收入《短篇小说选》了。

我把写散文当作一项严肃有趣的工作,是到了延安以后,那时,我经常下乡,接触很多人,了解很多人。我想像《聊斋》那样,一个人物写一篇,要写得精练,有味道。我写这些人物,也是有意为以后写小说练笔打基础,我在安塞难民纺织厂认识了边区特等劳动模范、老红军袁广发,我就写了《袁广发》;后来在延安参加边区文教大会,见到李卜,听了他的发言,又和他谈了半天,就连夜写了《民间艺人李卜》。当时,我准备陆续写十个这样的人物,后来抗战胜利,我很快离开了延安,这个计划没有实现。

我觉得写散文比较自由,可以写人、叙事、描景、抒情。因此早年在延安,后来到华北、东北、江南,多年来不觉地就写了些散文。特别是五十年代初,我的工作较多,不允许我集中精力写长篇小说,只得提起笔来,顺着自己的思绪和感情写散文。近几年,应报刊编辑的索要,先后又写了一些,就更和散文结下了不解之缘。我希望有更多的同志重视散文,精心写作散文,让散文繁荣起来。

(宋清根据谈话整理)

五月花公寓
——我看到的美国·之四

五月花公寓，位于从飞机场到爱荷华城区中心的大路边，背靠山坡，前边是公园，有大片草坪和浓枝密叶的大枫树。从公寓楼房里凭窗外眺，就是一片宽阔的绿色的海洋。左边的树丛中还隐隐约约闪露着一缕清流，那是爱荷华河绕着公园，静静地流向城区。马路上川流不息地驶过小甲虫似的汽车。除了救护车和警车的怪叫，很少听到车辆轰轰的声音和刺耳的喇叭声。也看不见很多人影，只有在清晨或傍晚，公园草坪上有几个学生在那里跑步、玩球，或是匆匆赶路。

五月花公寓是一个八层楼的建筑。在这里寄宿的大部分是大学里的学生或是尚没有成家的讲师们。我们住的七层楼上，就有一位同仁医院来美访问的学者。这里没有大都市旅馆那样豪华的大厅，也没有舞厅、餐厅，但有游艺室，有游泳池。整栋楼房像一个长方形的大盒子，每间宿舍的窗户很大，一排一排，看起来像是一些小盒子，或是计算机上的键钮。附近没有工厂，没有烟囱，没有沙土路，所以很少灰尘。室内家具可以几天抹一次。地上有地毯，十天半月用吸尘器在上边走一遍。

每间屋有空调，有吸气的装置，在室内抽烟、炒菜都没有气味。我们住在这里两个多月，每天清晨便拉开窗户，呼吸清新的空气，观赏田园风味的一幅幅秋天的风景画；夜晚眺望远处近处的灯光，那升浮在淡红色的天空的海市蜃楼。在这盒子似的屋子里，我接待过外国作家、海外学者、台湾同胞、在国外的留学生和报社、电视台的记者等。一间小小的厨房餐室，又当会客室，常常是宾朋满座，笑语满堂。夜深人静时，我们便打开电视机，领略美国人的生活面貌，看那些香水香粉香膏互相争辉的画面，以及什么意大利烤饼、法兰西蛋糕等形形色色的广告。我们不得不由怀疑而感叹，美国的老板们是否就是用这些色香味来为市民和儿童洗脑呢？幸好一般的频道还没有出现那些可怕的黄色的录像。有时也有值得一看的影片，只是经常为插入太多的商品广告所腰断。因此在电视上我们始终未能耐心地把一部影片看完。

我们住的一套有三间，两边的两间是前后进隔开的宿舍和工作室，中间的后边是卫生间，有盆浴、淋浴，前边是厨房，有四个火口的煤气灶，有烤箱、冰箱、盛碗碟的柜子、长方餐桌等。每层楼有公用的自动控制的洗衣机、干燥机。客房里有装好的电话线路，随时可以安装电话。楼下有各房住户自己保管钥匙的邮箱。四部自动控制的电梯每日运行。各人打扫自己的房间，因此公寓的管理人员非常少。平日间只见一两个人在那间小小的办公室里，工作井井有条。住在这里的人不少，大部分是年轻人，但却很安静，只有星期五或星期六的晚上，深夜也可以听到楼上传来的音乐声。公寓的前门是大路，不能停车；后门有停车场，经常停很多汽车。很多学生也有汽车，只是车型老式一些，车身破旧一些，价格便宜一些，两三千元便可买到，甚至几百元也能买到一部旧汽车。星期六或星期天，那些学生一双双或一队队带着一包包、一袋袋的东西去郊游、访友，又带着一包包、一袋袋的食品、饮料、衣服等回来。这些学生忙些什么，想些什么，我很想知道，可惜我只能在走廊里、电梯里同他们点点头，笑一笑。他们的天真的洒脱的容貌，一直留在我的记忆里。我很难完全相信一些人对他们的传说，说美国青年人都没有信仰，没有理想，只知道玩乐，吸大麻。我想，这可能吗？如果真的都是这样，美国的物质生活是从哪里来的？难道不是美国人民、美国的青年人的劳动创造而全是掠夺与剥削得来的吗？是不是有些人习惯看外表，或者只凭一时的一知半解就下结论，容易夸大缺点呢？在五月花公寓我常看见的那群青年人，总是高兴地和善地对待我们，给我留下可爱的印象。我对他们像对我们自己国家的青年一样，寄以无限的喜悦与希望。

一九八二年夏

超级市场
——我看到的美国·之五

八〇年的春天，聂华苓在给我的信中，谈到我抵美后他们对我生活上的安排。她先后诉我，美国的超级市场十分方便，有各种新鲜蔬菜、水果、肉食，色彩鲜艳，她和保罗经常自己在那里采购食品，他们把每次的采购作为一次愉快的享受。到了爱荷华后，我们住的五月花公寓，每套房内都有炉灶、冰箱、餐具、餐桌。又因为我有糖尿病，必须严格控制饮食，因此我们便乐得重操旧业，自炊自食，每天同锅盆碗盏打交道，而且这也是一种休息。自炊自食在美国是很平常的事。美国一般家庭，都不雇佣人，因为人工太贵。美国生活，早起一般就是一杯咖啡，一杯水果汁，一片夹肉面包。中午也简单，在自助餐食堂，一碟沙拉（各种生菜），一盘肉，或香肠或鱼；再省事点便是一份快餐汉堡包，实际也是面包夹菜（带汁的），外加一瓶饮料（啤酒或可口可乐）。晚餐是他们的正餐，有汤，有菜，一面谈话，一面慢慢地吃，作为享受。或者还饮一杯酒，间或还招待一两个客人。在这样的水平上，他们的生活是很方便的。美国的工厂、商人为消费者设想是非常细致和周到的。超级市场的出现和兴隆是其一例。

我们住进公寓的第二天，便和住在同一幢楼里来自各国的作家们同坐一部"面包车"，到卖食品的超级市场去了。进门以后，顾客就各自推一部像儿童车一样的轻便四轮车，走进商品橱架组成的一道道走廊。两边橱架上摆满了各种五颜六色的葡萄、橘子、柚子、苹果、梨、桃子、李子、菠萝、切开了的西瓜，春夏秋冬的水果都有，都洗得干干净净，色泽鲜艳。有的包在塑料薄膜里面，更加晶莹透亮。价格标签清楚，初到的旅客一看就懂，也像老主顾那样，能够自由选择。选好之后，有的原来就有包装，有的就用挂在旁边的塑料口袋，自己盛装，放在自己推的小车上，再走进另外一条走廊，便全是蔬菜。这里有大白菜、包心菜、菠菜、茼蒿、苋菜、冬瓜、茄子、苦瓜、丝瓜、豆角……我们就像到了西单菜场、崇文门菜场，国内有的蔬菜这里全有。外国人喜欢吃的土豆、番茄、大辣椒、菠菜、胡萝卜、芹菜、大蒜、洋葱、生菜，中国人喜欢吃的豆腐、豆芽、小辣椒，新摘下来的玉米棒，这里也有。顾客各取所好，自选自取，看中了便从货架上取下，放在手推车里。另一条长廊是肉食品，鸡、鸭、鱼、猪、牛、羊，品种很多，分类分等次，大盘小盘，层层叠叠，塑料纸包装，在灯光下显得格外新鲜。鸡分鸡大腿、鸡胸脯、鸡翅膀、全鸡、半只鸡；肉类，有大块、小块、片、末，都分类分袋装好；鱼虾螃蟹都洗得干干净净。这些食物采购回去，不必再洗，可以直接下锅。其他奶制品、酱制的、腌的、烤的食品，各种食油——豆油、花生油、葵花籽油、玉米油，各色面包、点心、面条，各种饮料，大盒小盒装的冰淇淋，以及外国进口的罐头，还有你没有想到的，这里的老板都替你想到了，准备齐全了。顾客到这里来一次，可以买一个星期或十天半月的食用品。所以买东西的人并不显得拥挤。我们一行十几个人走进市场就分散了。各人推着小车，各走各的路。我们穿行大巷小巷，把需要的食品都选买了一点，装满一小车，推到出口处，只在这里，才看见有穿制服的售货员，都是一些青年男女。他们含笑接待你，点检你小车上的食品，一一计价，按动电钮，价码单据都出来了，包括税款，都算得清清楚楚。一算账，我们付六七十元。过了出口处，有时售货员帮你把小车推到你的汽车门前，收回小车。就这样，买东西像逛公园，悠悠闲闲，消消停停，不用一个小时，就把一个星期用的东西都买全了。当我们走出市场大门时，同来的人差不多都齐集在门口了，大家买的食品差不多。我们回到公寓，公寓也备有小车，帮我们把这些食品运上七楼。

　　第三天，主人们又领我们去一家朝鲜人开的食品店。这一家门面很小，地方不大，但中国食品云南火腿、四川辣豆瓣、榨菜、冬菜、油焖笋、雪里蕻、年糕、豆沙包、馄饨皮、春卷皮、福建的燕皮，有些在中国北方吃不到的南方食品，或在南方不常吃到的北方食品，海参、鱼翅、燕窝、猴头、香菌、泡菜、嫩姜、腐乳、面条、粉条、糯米也都在这里可以买到。我们过去过生活,一向比较简单。住在这里,设备齐全,原材料就手,每顿饭不须花很多时间。在这里自炊自食约有两个多月,一点也不曾感到麻烦。我们的食量有限,结算下来,每人每月约七八十元就够了。我们问过一些在这里的留学生,水平差不多,大概都是这样。

聂华苓经常接待各国各地来的作家,有时到餐馆,但多半是在自己的家里。有一次晚上,她要在家招待南美来的作家,主客共十几二十个人。中午时分,她一个人驾车到超级市场,她推着两辆小车,眼快手快,动作敏捷,半个小时,就把要用的食品、用具,从饭前酒需用的油炸核桃花生,到饭后的水果葡萄、冰淇淋,以及肉食、蔬菜、调料、塑料菜盘、酒杯,便都购置齐全,不到一个小时便回到家里,随后烤箱、电炉,消消停停,一点也看不出忙碌紧张,傍晚时客人到来之前,她就把一切都准备好了。他们买的塑料菜盆、酒杯,外表都很可观,但是只用一次就当垃圾扔掉,我觉得可惜。但看来美国时兴扔,许多东西如刀、叉、纸盒子、袋子、针管等,都是用一次就扔,所以垃圾特别多,清理垃圾的工作跟着很繁重。我和一些美国朋友,谈到我国商业部门的修旧利废业务,他们听了不以为然。他们说这样太费工,得不偿失,是更大的浪费;又说美国在消费上浪费,而中国在生产上的浪费更大。他这话的准确性如何,我不清楚,但这样的批评,仍值得我们自己深思。我们是社会主义国家,在计划生产的时候,更多的防止生产上的浪费,实在是很重要的。

爱荷华卖衣服的超级市场,我们也去浏览过。这样的市场是为市民购买便宜货而设置的。这里高档衣服也有,纯毛衣一身要几百元。但更多的是那些流行的、稍稍过了时的衣服。这些衣服分类分等,全都挂在衣架上,供顾客浏览、试穿、选购,十分方便。这里可以买到好看的(最时髦的衣服倒不一定好看)、便宜的衣服,十几元钱一件的连衣裙,几元钱一条的裙子。在美国,什么是最新式的时兴货,价钱就贵;今年刚刚时兴的,明年却过时了,一过时就跌价。有钱的顾客每年赶浪头,赶最时兴的,赶最贵的买,贵就是时兴,就是"漂亮",就有"派头"。但一般人并不这样,他们从所谓过时了的商品里面,挑选那些真正美丽的、大方的、实用的、便宜的、舒适的购买使用。因此这样的市场还是有很好的买卖。朋友们还告诉我:"可惜你们要回去了,圣诞节前后这里很多商店都会大减价,处理库存商品。如果你们那时在这里,可以买到更多便宜货的。"美国是资本主义生产方式,资本家和老板们千方百计地要把自己的货币、商品加速流通,变成资本,才能不断地扩大再生产,以适应资本家之间、集团之间、国家之间你死我活的生存竞争。因此他们不积压货币,不积压商品,各种超级市场便应时产生、发展。

我们游览了几个城市的几个超级市场,欣喜之余,不免要想到美国这个国家，美国本身就好像是个大的超级市场，拥有从全世界各地搜罗来的新鲜的、五颜六色的、应时的、有利可图的商品，但同时它每天也要制造丢弃许多垃圾。凡是好的、有用的，美国都不遗余力地去挖掘、搜集、网罗、购买，不惜血本。但一旦被认为过时了，陈旧了，无利可图了，便都无情地扔掉，毫不可惜。这样对待商品货物，还可以无足厚非；但对待人才，使用人力，也是这样，那就未免过于残酷了。

一九八二年夏

橄榄球赛

——我看到的美国·之六

州外的一个大学的球队要来爱荷华,同爱荷华大学的球队比赛橄榄球,这是每年都要举行的州际球赛之一。这个消息在爱荷华是头等消息,已经飞翔好些天了,甚至也惊动了从来对球赛毫不热心的我。在这场球赛的前几天,保罗就好几次兴奋地告诉我,已经为我们买好了门票,非请我们去看看不可。他自己年轻时也是橄榄球的爱好者。据我观察,好像极大部分美国人都是橄榄球迷,都是橄榄球运动的爱好者。比赛当天,从八点钟开始,我们公寓楼前的大街上,汽车就一辆接着一辆,两三部车并排从飞机场那个方向驶来,就像几条巨龙从高坡上安静地快速地连绵不断地下滑,经过我们窗下的街道朝一个方向,驰向爱荷华区的大球场。这些球迷有的是从芝加哥,或更远的地方乘飞机到爱荷华,在机场转乘汽车来的,也有是从邻近的那些州的城乡来的,东南西北,各条路上都有汽车赶来。一早,城市就不安宁了,四面八方,川流不息的汽车,都朝这里涌来。听说球场能容纳十万人,就是这个城市人口的两倍,我还有点怀疑。在北京天安门,有五十万人或一百万人集会,我会觉得平常，但在爱荷华这么一个幽静、美丽、风景如画的小城，怎么能吸引十万观众来参观球赛呢，然而当我们——保罗、匈牙利作家Gyorgy Somlyo夫妇、印度作家Sonil Gangopadhyay夫妇乘汽车将要接近赛球场时，我们相信了。

在赛场的外围，我们还在车里就看见车辆拥挤，像波浪一样向一个方向推进，而且听到了赛场内传来的号声、鼓声、人声，真是金鼓齐鸣。这嘈杂轰动的音乐，是在鼓舞运动员们向前、拼搏。赛场四周的马路停车场，都密密麻麻摆满了汽车，汽车无法开到门口，我们就被迫下车了。我们紧张地跟随人群走入球场。周围都是人，我没有时间顾盼，也来不及细听，匆匆忙忙从人堆中、人缝中走上了看台，找到了我们的座位，实际上位子老早被先到的人占了，不过美国人还是讲秩序、讲礼貌的，很快给我们腾出一小截地方，我们将将就就挤进了人群的行列，勉勉强强坐了下来。球赛已经开始一会儿了。秋阳下，四面看台上挤得层层叠叠，万头攒动。我的周围全是红男绿女，老老少少，个个都用热情的眼光，集中在球场上。他们一点不注意我们，周围谁也不管谁，好像忘记了现实世界，只是关注球赛的进程，不断地叫啸，挥拳，摇头，顿脚，叹气，哈哈大笑，坐立不安。为了什么呢？就为了球场中的那个球。可是我极目去看、去找，球在哪里呢？只看见那些运动员，个个膀粗腰圆，身高体大，都戴着防护面罩，穿着护身盔甲，像古代出征的勇士。球出现了，一个人扑上去，其余的人也全扑过去,压上去,两队球员成群的在那里相扑,争夺,球不见了,球又忽然从人缝里飞了出来,人们飞速地散开,朝着球冲去、扑去,人又堆在一块了,摔了,倒了……于是四周的看台上喊声不止,打口哨的,叫骂的,振臂狂呼的,只要有了一个球的胜负,看台上的啦啦队,球场四周的鼓乐队,鼓号齐鸣,欢声四起。这样热闹的场面,一会儿又重复一次,一次比一次强烈、狂热。我目不转睛地盯着赛场和那群奔跑拼抢的彪形大汉,我怎样也看不清那球的起落,听不清混为一体的人潮轰鸣,我只觉得自己像沧海一粟,在海涛冲击下,追波逐浪,一任沉浮。人海在奔腾,人山在崩裂,我好像离他们很远,不了解他们,不明白周围发生的一切。我痴痴地看看我周围的这个那个。匈牙利的女作家安娜(Anna Somlyo)端庄地坐在我旁边,她真美丽,年轻的血液在她白嫩的皮肤下隐隐流动,她总是能吸引许多作家、许多人注意她的,可是这时,在挤满人群的看台上,谁也没有注意她。印度作家的妻子,一个小巧玲珑、端丽如观世音菩萨的东方美人,挤在放声呼号的上了年纪的高大的女观众当中,只显得像一株纤弱的芦苇,随时都可能被风吹倒、压碎的样子。我用同情的眼光看她们,她们回报我一个无可奈何的亲切的微笑。而保罗呢?这位老诗人,一个美国的老运动员,一向就很健康、洒脱,这时一面评论和介绍着球场上的形势和运动员的技巧,一面也不忘记跟观众一起为运动员们叫好,为他们惋惜。他完全沉浸在他那精力充沛的年轻时代去了。球赛能使人年轻,使年轻人向往勇猛,使老年人引起甜美的回忆,使女人想到丈夫的英武,而更爱自己的丈夫,这种运动有益无害,观众紧张愉快。我能替别人着想,为别人的欢乐而欢乐,虽然我对球艺可说是一无所知的。

比赛场内真是波澜壮阔,场地四周排列着穿制服的乐队、舞蹈队。球赛休息的时候,勇士们驰骋的战场,变成了演奏音乐的大乐池。爱荷华大学的音乐爱好者组成的一二百人的庞大乐队,穿着整齐的制服,奏着乐器,整队进入球场,随着乐曲的旋律,组成各种队形,间以少女的舞蹈表演,一时乐声飞扬,彩旗漫卷,赛场空气由紧张热烈转入轻松愉快。我们好似被软风吹拂,顿觉清新,几个人相继走下看台,站在楼下一个进门处的小卖店旁边。保罗抢先挤进买饮料的队伍,等了好一会儿,递给我们每人一杯可口可乐,凉飕飕的冰水,沁人心脾。原来拥挤在看台上的人,这时集在小卖部附近,三三两两,走来走去,我们总算能消消停停地稍稍猜度这些片刻之前完全沉醉在那种乐趣中的人们的心理享受。匈牙利客人望望我问:"有趣吗?"我也望望他说:"很难说。我以为是好的,不过是美国的。比较起来我更喜欢小球。"我用手比画着,意思是乒乓球。我说:"容国团、西多、约尼尔……"他怀疑地更望望我。我又说:"西多、西多,你们的;容国团、容国团,我们的。"他明白了,大笑,一边点头,一边说:"西多、西多,约尼尔……"他的夫人安娜也懂了,连连点头,两人都说："乒乓、乒乓好。"

　　我们没有等球赛结束便回公寓了。一路上，那赛场的人声、乐声，时远时近，仍在脑中回旋，好似仍然置身球场。那种强烈，那种欢腾，那种狂热，实在表现了美国人民的精力充沛，勇猛如雄狮，执着如苍鹰。在这样倾城空巷，热烈竞争的赛场上，秩序井然，闹而不乱，也表现了美国人民的文化修养，这给我的印象很深。我虽然不懂橄榄球艺，但我能够懂得那些为球艺而喝彩的普通人的满足。他们乐观和健康。他们很会生活，会工作，会休息，会玩。

　　　　　　　　　　　　一九八二年七月十二日写于大连棒棰岛

第二辑

书　信

好，再吻一个吧，梦里再见，我甜蜜的人！

致胡也频①

我爱的频：

　　回来时候没有哭，不是没有想到我的爱，是没有我爱在前面，便不愿哭出来了。车过外洋泾桥时，人不多，地为夜色所湿，白的雾淡淡地裹着车身，我看见有独行着的少女，我悔不该一人走回来了。我应当把我们的别离空气加浓厚起来，我应当勇敢一点去经练一切磨难，一切精神的苦楚，我却是太软弱了，只那么无用的蜷在车角里，昏昏的任人运到了家。

　　进房后，稍稍有点显得寂寞，我立即觉得自己好笑了，以后都是一个人：在没有了爱人在面前的人，是不免要对待自己比较残酷些，我想这话，凡是有过像我所处的境地的经历的人，是不会反对的。我镇静的换了衣，又将衣挂在柜子里去，一边心里想："照常要这样！"又换了鞋，鞋子也乖乖的并头放在小柜子（就是你的写字台）里了。娘姨跑来要钱买菜，才

---

① 1920年春，丁玲、胡也频、沈从文创办了"红黑出版社"。出版《红黑》月刊和一些书籍。同年7月，因经济亏损，出版社关闭，《红黑》停刊。为偿还"红黑出版社"所欠的债务，1930年2月，胡也频去济南山东省立高中教书。这封信是丁玲送胡也频上船归家后写下的。

知米也没有了，柴也没有了，油也没有了。我买了一块钱的米，没有买柴，买了三百钱煤油，趁着这时，我告诉了她我有辞退她的意思，她心里当然十分不高兴，不过也很和气，她答应我将一切事都做好才走。我自然不能用她，不但我个人负担不起，而且我觉得我也应该自己做做事。到这时一看表，是八点二十分了，想你已到船上，一定忙忙碌碌的，觉得我也许还应该直送你到船上，因为船还不能开，你一人在那里不会觉得无聊吗？于是坐在桌边来替你写信，现在是八点四十分钟了。不知你在做什么。

本是预计写信不拿这稿纸的，不过临时又变计了。心想拿两本同时用，一本写文章，一本写信（专给你写信），看到底还是谁先完，总之是每天都得写文章，也得写信。而且到底也不知道你还是希望我的信写的多，还是文章写的多。

你喜欢我的信写得琐碎，现在是真的琐碎了，我也喜欢琐碎，只是怕琐碎得不好，看起来得不到快感，然而这是没有办法的，我永远只能用平凡的语调写出我平凡的情调。我永远缺乏你的美的诗样的散文。你看到这里，不会以为我是在谦虚吗？你一定会笑丁玲在你面前也那么自谦起来了，不过你是知道得最清楚的，你知道一切批评家所说的赞美，都难免有着错误的。

信写到这里，仿佛完全因为说空话去了，情绪因而欲断，于是我翻出了稿纸来，我又预备去写文章，等一下再续下去吧，这信是准备明晨发。现在还只几点钟，你的船还没开吗？我若要赶上前就同你一块儿走，是来得及的，时间并不怎样迫促呢。

一天过去了，很快的过去了。然而又是多么悠长的时间啊！中饭是自己烧的，因为娘姨要洗被单，下午两点钟便睡了，因为人太倦，先是睡不着，思想不能停顿，后来努力念了一会儿佛，也就迷迷糊糊睡着了，到五点钟才起来。娘姨本预备再睡一晚走的，不知为什么，她又决计走了，留她吃饭，她也不肯，她还安慰我一样的笑着对我说："我不回家，隔得近，就会来替你洗衣服，你不要愁！"所以晚饭也是自己烧的。烧好了，抬到××那边一块吃的，因为他们有红菜。××还说以后我一个人了，不必烧饭，但我回绝了，我说我一个人吃，有时比较方便些。他们娘姨也很高兴的愿替我做事。所以关于我一切生活的麻烦，你可放心！今天一天都烧火，为的好热闹一点。

白天××来过，他济南的信还没来，或许又可到青岛去，一个日本人办的中学。坐了两分钟光景，说了这么一句消息，便借了我的公园票走了。听××说，×又到他那里去过了。晚上××和××也来了，总瞎谈了一个半钟头，她们都说我这里一点也不显得寂寞，因为一切都照旧，而××那里却实在有点觉得空虚。我也点首，我心里却想着，我的灵魂，我的心本比较的太充实呢！

妈[1]来了信,信写得非常好,惟听说你要离我而去济南,则表示不赞成,仿佛觉得三人既不能在一块,仅仅两人了,何苦还要分开。而且要她心挂两处,则不免太苦。你到济后,请千万给她写一点好的信!

××拿稿子到×××,×××不要,说是今年不收稿子了,我想是推托的意思。跑××,遇不到人。而××、××则回说不定,纵然要,恐怕也要到下月才能拿钱,经再三的说,才答应下星期四听回信。而×××只说:"怎么不早预备呢?"大约要是要的,只是若要再做一次生意,恐怕就又靠不住了。总之,人太穷,则一切无办法!他一个光人跑回来,将在我这里拿的四毛车钱也用光了,吃了晚饭,又把×的裙子拿到当铺去。他们真太难,我虽说只剩四毛钱了,但四处均可借,而且一人伙食真有限。

文章只抄了两页,没有继续写下去,为了心不能十分安静下去,还抽不出一种能超然一切的心情,而写文章是非有一种忘记一切现实和理想,神往到自己所创造的那境地里去不可的。就是说我实在太想到你,在每次长针走过一个字时,我便会很自然的想着关于你的一切情形,而不放心。你的一切环境太陌生了,不是我能想得出的,若是有完全为你一人冲入陌生的围阵中去的需要,我还是应该不离开你。然而现在我却留住

---

[1] 指丁玲的母亲。

了，是谁假定的理由！难道我爱你不厉害吗，或是你能恝然离我而去？但这都不是的……爱！请你告诉你这时的心情，你后悔吗？我呢？我还找不到勇气来说一句感伤的话。仿佛觉得我们已经不是将爱情闹着玩的时代了。我们已有互相的深的爱和信仰，我们只能努力同心合一地在生活的事业的路上忍耐着。

明天我想早点起来，以后都这样，生活应当有次序，两人都不准"无聊"，"哭"！所以现在我要去睡了，明天清早便会将这信发出。你寄×××的信，我已替你发了。

现在是十一点差二分，我给你一个紧紧的拥抱！愿你在杂嚣的船上，想着你的爱人安然入睡！好，再吻一个吧，梦里再见，我甜蜜的人！

二十二日夜十一点正
频动身离沪的第一天

致陈明（三封）

致陈明

陈明：

不来就算了。

沙可夫答应借我卅万买笔，我希望你到周巍峙那里拿钱自己替我买，我希望是五十一号①，笔尖细。如钱少，就和周巍峙商量多借一点。

我一共才三万元了。买了三万的肉与菜。如不够，就先在笔的钱中扣两万吧。

接妹妹去，手续由你办吧。带一点凡士林给她。如康树太去，他对牲口是不负责任的，沿路我也不放心，如你那里无伴，我的意思还是张来福好。

来过年，找房子。

丁玲

---

① 指派克金笔。

致陈明[1]

伯夏：

这是第二封信呵！

我昨晚到的这里，我现住妇委，住在杨之华[2]大姐房内，但我们还未谈话呢。我要先告诉你我昨晚干了些什么。

车子从×××出发到×××时[3]，对面来了汽车，我下车来走，我看见两个穿黄衣的走来，呵！是谁呢？我认出来了，是主席，他也看见我了，对我在笑，我赶忙跑过去，主席说："呵！好得很，看见你，几年没有见面了！"江青也走过来。主席很胖，身体很好的样子。江青也还同以前一样，或者稍微老一些。主席即要我和他坐汽车一道散步去，汽车上同去的有十几个小娃娃，他们女儿和别的人的儿女们，半路上又上来了傅钟夫妇和他们的儿女，挤满一汽车。主席告诉我收到了前年我给他的信，他说我已经到了农村，找到了"母亲"，写"母亲"，我了解土地，他问我的作品，并且答应我读我的原稿。后来我们在野外坐下来又谈开了。主席两次重复着对我说："历史是几十年来看的，不是几年来看的，要几十年才能看出

---

[1] 此信写于西柏坡。
[2] 瞿秋白的妻子。
[3] 此两处的×××分别为中共中央华北局所在地城南庄和中共中央驻地西柏坡。

一个人是发展，是停止，是倒退，是好，是坏。"我明白他的意思，他是多么的在鼓励着我呵！他还怕我不明了，第三次在他院子里坐时又重复了这句话。并且拿鲁迅做例子。他并且说我是同人民有结合的，我是以作家去参加世界妇女大会的，我是代表，代表中国人民。陈学昭也去，却只能做随员，因为她没有做工作，不懂得中国人民，不能做代表。他又问了我搞土改的情形，还问了你，并且说我已经在农村十二年，可以够了，以后要转向城市，要转向工业，要学习工业，要写工业，写城市建设。我们天快黑时，又坐汽车到他的家，在他们家里吃晚饭。他又同我说我的名字是列在鲁、茅、郭一等的。我说我没有成绩。……吃过了饭，江青就陪我去找小超。伯夏呵！你看我多幸福呵！我第一个就做了他的客人，就听了他给我这样多的鼓励，想着柯仲平为看见不到他而喝醉了酒骂人，我是多么的有了运气，我并且同他约好，以后我要找他时，就在他散步时来。他也高兴的答应了。

小超当然很亲热，谈了一会，周①才送了别的客人来看我，因为时间已晚，他们就送我回住处来，从他们院子中我就同周谈我文章的内容，一直谈到家。因为他要我谈的。他问我，我觉得同他们什么话都可以谈，就像同家人一样，我相信不是由于他们会待人接物，而是由于他们的确爱人，对人有感

---

① 指周恩来。

情的原故。回到家时杨大姐已经睡了。晚上记了日记，今早一起来，又给你写信，太阳刚从窗户里照到屋子里，伯夏！你起来了吗？剧本想必已经改好了。今天回石家庄么？没有了我日子过得怎么样？我是无时无刻不想你的，我怕你因挂念我而妨碍了工作。

另外想告你一件事：石门市委将要改动一下。市书是叶①，（参座）副的是秀峰和毛铎，宣传未定，这事是前晚周扬告我的，昨天忘记告你了。你在石市工作，当然好，只是究竟怎样，你得很好同他们谈清楚，我怕你将掉在那里，别人看不出你的成绩，有时是不得不顾及给人的印象的。假如我不走，当然好办，但大半我还是走定了。中央已经把我确定了，而且他们是有理由的，我还是跟着他们走好。我的意见，你站在一个文艺岗位上是有好处的，或者你到人民文工团去，紫光②他们还是欢迎你的。我大约廿号会去石家庄，你如能回来就更好，我们可以见面再谈，我希望你多考虑。

握手！

丁玲十六日早

在石庄做固定工作也好。搞一个剧团也好。

---

① 指叶剑英。
② 即金紫光，当时是华北文工团的负责人之一。

致陈明①

伯夏：

　　昨天刘徵②来在这里待了一天。是市革委派汽车送她来的，还有一个陪行人员。她说是为写一篇有关彭德怀的文章，想同我谈谈我对彭的印象，是《诗刊》约她写的。后来她同我谈得最多的，是文讲所一些人员的悲惨遭遇。我问她为什么想到要来找我谈彭的事，她才说是借此来看我的。去年她到太原时就想来，后来知道孙谦在长治想要来时，市革委说必有省通知才能看我们两人的事。所以他没有来。还说这次市革委也向她说了，过去是除非有中央的介绍信，是不能见到我的。刘说："这有什么呢？你们还看不出形势吗？不要多久，他们的问题就要全部解决了。"她说一九五七年作家协会的这一摊子事③中组部是由一个叫沙红的管的。说徐钢④找过李之琏⑤，是李之琏告诉他的。报纸上见的徐钢是另外一个人。这

---

① 此信未写日期，收信日期为12月6日。
② 应为刘真，女作家。原文学讲习所的学员。
③ 指1957年中国作家协会反右斗争和现在的平反。
④ 应是徐刚，作家。原文学讲习所教务处负责人。1956年党组织复查"丁、陈反党集团"错案时，曾实事求是地写了万余字的辨正材料。
⑤ 中宣部原秘书长、直属机关党委书记，曾是复查"丁、陈反党集团"的小组负责人之一。

个徐钢是在甘肃劳改的,现在打算要求改正,改正后想回老家。谷峪、李涌①都在黄泛区劳改。这两人孩子多,老婆能力小,生活很狼狈。还靠刘徽调济。刘徽也谈张凤珠,在《新观察》也被划为右派,下去劳动过。她的爱人没有丢弃她。在她划为右派后,仍和她结了婚,张现在人民文学出版社。我看她来是有点想了解我的情况,她说许多人都问到我,想知道我的情况,这些人都在想申诉个人的问题。她也打算,她虽只受了一个警告,但也要求改正。她说在那四十多次会中,刘××曾指定要谷峪写一个发言稿,要刘徽念。谷始终未写出,故她也未念。刘曾向他们每个人调查丁向他们宣传过一本书主义。他们都说没有听到过。这样我告诉了她我已于五月申诉,全部材料,几个问题都写了。她说她们最恨康濯,大家在一起时就骂康濯,她说只要有人向她调查材料时,凡是别的作家,她都说好话,只要是康濯,她就不是那样了。我没有替康辩解,只告诉了她康在一九五七年头三次会上的发言。她问我马烽这人如何?(她昨天见到马烽)我说马是一个正派人,在一九五七年会上他没有乱说,会后我相信他也不会乱说。我们没有谈到田间。她曾在河北省文联,现在邯郸文联任主席或副主席。我之所以告诉她我的情况,是觉得现在正有许多人等着看我们的问题啊。现在怕的人还是很多的。如果老大难问题解决了,小的

---

① 谷峪、李涌,都是作家,文学讲习所的学员。

问题自然也可解决。自然她还谈了许多别的问题。我谈的少,听的多,我是有警惕的,吃亏太多了,不得不如此。我也问了问她的私人生活,她也问了孩子们。她还说文艺界比过去更四分五裂,一小伙一小伙的。最好能猫在一点,少出头,免是非。……等着今天上午发信,匆匆向你致以思念之意吧。昨天你一定看见欣欣①了。告诉我一些好消息:

《诗刊》是葛洛、邵燕样,《人民文学》是李季,《文艺报》是秦牧、冯牧,作协是张……②。

丁玲

---

① 欣欣,丁玲的两岁小外孙。
② 以下信文佚失。

致胡风[1]

风兄：

　　从办事处带的《七月》十份，收到了，除我与雪苇[2]各留一份，余皆送给各要人机关了。内容还只大致看了一下，没有多少意见，但我对《七月》复刊是怀着一些敬佩之感的。虽说《七月》由周刊到半月刊，又到月刊，然其中各方面之斗争，是经过很长很多的途程。我们在此读太平书[3]，是不配忽视这艰巨的工程，因此我觉得你之努力与毅力也是可佩的。我虽够不上作《七月》之支柱，然必尽力协助，无论将来在更多荆棘的路上，也必将如此。

---

　　[1] 1993年3月20日，《光明日报》刊出了胡风的女儿晓风以《从延安寄到重庆——记丁玲给胡风的两封信》为题的文章，首次发表了这封信。文中说："这封信没署日期。但因《七月》于1939年7月在重庆再次重刊，老舍所带慰问团于1939年9月9日及10日在延安，故推断信日期应为1939年9月中旬。正如信中所述，丁玲对胡风办《七月》十分支持，除了将艾青、田间、雪苇等的稿件寄给胡风外，自己也向《七月》供给了文章。不过这封信上提到的《黄背包》一稿却在中途丢失，并未到胡风手中。"

　　[2] 即刘雪苇，文艺理论家。

　　[3] 指在延安马列学院学习。

另卷寄上《黄背包》一篇。也是急就章，算不得文艺，只是素材而已。

我请你（前次）寄给我的《七月》合订本及《葛朗代》（穆木天译商务版）不知寄了没有？现在我又请你替我设法找《母亲》《韦护》《丁玲杰作选》三本书，买书的钱可在我的稿费中扣除。万望帮忙做到！冬天来了，我连一件布衬衣都没有，现在只（指）望就在你了。望能将田间的及我的稿费寄来。不止我一人的希望呢！

老舍前数日来此。我因寓城颇远，消息不灵，学习紧张，未能会到。他已去榆林，转来时或可一访。

此候俪安！

丁玲

致逯斐[①]（二封）

致逯斐

逯斐：

　　你的信走了半个多月。但总算好，能通信就很幸福了。

　　从来信中很能想见你心绪的烦乱。心情不好，还要写信，那是很无趣的。我读信的时候想，真亏逯斐写了那么多！要是我就会很简短了。此信到时，想厂民[②]病已好，你在学校[③]还是又下乡了呢？为什么老是下乡去？老是下去，你住的村子不就是乡下，不可以不去么？当然下去是好的，去久了会渐渐学到学习生活与领悟生活。一点一滴的经验都需要用时间和劳苦去获得，尤其是创作者，是毫无便宜可拣的。

　　我有时想，我们这辈人，自己就不会生活，也就是说不会学习，本质是缺乏修养。只见忙乱，却无条理，闯来闯去，进步不多，我们有时又懒惰，但并不懂得闲暇，所谓好整以暇。

[①] 逯斐，女作家，当时在华北联合大学。此信写于1947年4月。

[②] 厂民，即诗人严辰。

[③] 学校，即华北联合大学。

我常希望我会学习些，也会生活些，多学习些和多工作些，但结果总是无所成就。近二年来东游西荡，实际也未游未荡，成绩毫无，徒使人惭愧，有时真未免叹老之将至，奈何奈何！过去一个时期，常感不适。稍有不适，我便休息。但最近我已改变，既有不适，当更工作，欲完全如过去之轻松轻快已不可能矣！逯斐较我年轻很多，少年可贵，望珍视之。厂民病亦短时间事，不足挂怀，以后多注意些，勿恃强还是需要的。

至于逯斐问我当侍候陈明病时情况，我老实告诉你，我很愉快，我很喜欢看见他睡在床上，一切都需要我，我很喜欢他在我的庇护之下生活。我觉得为他的健康、生命的存在而劳苦是我的幸福。如今他不在我的身边，我一点事也没有，我于他已毫无用处，我怀疑我对他还有什么意义呢？陈明还是上月二十八日来过信的，我猜想他已去南线①，他一定很忙。但收不到他的信，我便立刻吝啬我的文字了。我心里想，我绝不做无意义的事。逯斐，你看我这个四十多岁的人，还向你说些多么可笑的话呵！也许这就是毫无意义的话。人应该老练起来，而我还这么幼稚！

冀中之冷、风沙、热，我都知道了。但我的确有时想到你们那来。我总觉得你们那里总还有些文化氛味。长久脱离文

---

① 1947年3月初陈明暂时离开阜平抬头湾村，随晋察冀野战军第四纵队行动。

化了,文化就像春风春雨一样使人想慕,但现只得再寂寞一时。寂寞有时是好的,这就是说安静。但真正太寂寞了是不好的。我一定得写完这篇又长又臭的文章①。文章一写得慢,就不那么自满了。最近又在修改前边的,我的雄心是两个月后写完。已经摘录一段放在《时代青年》②了(不久就出),看后给我意见吧。

我现在住的村子③很好,房子不好,可是树多,有山有水,麦子长得很好,菜园里有各种蔬菜,我的一间房很小很小,炕前只放得下一张小桌子,但还收拾得干净,放杂物的壁上的小窑垂着花纱,小桌上铺着桌毯,床头上也钉着织绒花的纱布;炕沿上本想钉上你给的丝绒围巾,老百姓也许会觉得太漂亮了,才把它又放在箱子里。我的生活很简单,没有客人来,信件也少。早起在山坡上散散步,晚饭后和萧三的孩子玩玩,或者在康濯的屋子里坐坐,闲谈点说了以后就忘了的闲话。除了写文就是看书;写不出的时候,看不下的时候,就和房东扯闲天。日子不太热,却已经不冷了。时间走得很快,工作做得很慢,日子总算不太难。

---

① 指《太阳照在桑干河上》。
② 《时代青年》是晋察冀边区青年救国会主办的刊物,1947年5月第1期发表了《太阳照在桑干河上》中的一节《果园》。
③ 即阜平抬头湾村。

你问祖林,谢谢你。他在二月底回来住了一星期①,他们学校在建屏。他长得已经高过我了。学习很好,思想意识很进步。这次回来很懂事,给我和妹妹②都留了极好的印象。妹妹学校离我才十七里路,一个月当中可以回来一次或两次。谢谢天,我对两个孩子都很满意。但,我老实说,我还是更爱我的工作。假如孩子要成为我工作的"敌人"时,我宁肯牺牲孩子。逯斐,不要太希望孩子,等将来太平了,我们再闹两个孩子玩玩。有时我很讨厌以能养儿子就算满足,以人生的意义即在对儿子的抚养。我喜欢逯斐的地方,是因为逯斐还肯吃苦,还要上进,我不满足于逯斐的地方是逯斐不够开阔。狭窄,注意小节将限制一个人的发展。我希望逯斐有大的前途,不是小小成就。现代的女人是艰苦的。那么,让我们有勇气的女人、有魄力的女人多吃点苦吧!

握手!

丁玲二十七日晚

---

① 祖林,丁玲的儿子。"二月底"有误,应是"三月底"。
② 妹妹,指丁玲的女儿祖慧。

致逯斐[①]

逯斐：

半年来我们虽说常在一块，但并没有很好谈话，这里有一种好现象，就是各人都忙于各人的工作。我喜欢这样，不过有时感觉关系少些，也就是说在工作的实际意义上彼此似乎帮助不大。你曾有此感觉么？

不要怕别人说闲话：有人批评我同某些人的关系都是私人感情关系（至少有不够正当的意思），我觉得这种论调很幼稚。过去你在张家口曾因为人说而难受过，也是可笑。为什么不准有私人感情关系？请问爱人是什么？只要不是无原则性、无批评、酒肉朋友就行。人与人的关系总有厚薄的，这用不着旁人眼红和以个人的阴暗猜想去批评的。别说是你，今天也许有另外的人，又是非党员，也有许多缺点，我仍然可以同他做朋友的，只要我是帮助他的，我想如果我们都更有成绩些，那就让别人去说吧，我们不必禁止人乱想！我这人不轻易对一个人好，但既然同别人有了感情，就觉得有责任。我是希望我的朋友都是前进的，新的人物，大的人物（不是指地位，是说胸襟）。我不可能对什么人都好，因为我觉得应该有选择，我不

[①] 1948年7月丁玲从正定华北联大出发去东北，然后取道莫斯科去匈牙利参加国际民主妇联第二次代表大会，6月27日途经河北德州时写给逯斐此信。

愿浪费我的感情和精力放在对社会无多效益的人和事上。我也不能平均主义,因为人和人、事和事都是不同的,我还会照我自己想的认为正确的去做,我不会做什么大错的事,因为我是个爱对自己有检查的人。我们要分别一时了,走得匆忙,也没同你谈什么,以后也难常通信,让我们多多的进步做我们见面的礼物吧。

好好地过日子。把私人生活处理得更好些,这是对工作有益的。我喜欢陈明,就是因为他一天天学习懂得我,学习爱我,学习怎样于我有益;我对他当然是最好的。你们也很好,你所差的就是如何能使厂民和你一致来培(养)爱情生活。你们相爱,当然很深,但更能洒脱一点就好,又要深厚,又要不羁,爱情是种艺术啊!

陈明还是会到石家庄,他在这上面想的比我有朝气些,有勇气些,我同意他。个人都在所喜欢的地方飞翔吧。

我没有给厂民写信,因为我知道他会看到这信,他是比你有主见的人,而且知道努力的人,只希望他多多创作,不论是诗或别的都好。

再见了,握手!紧紧地!

祝你们剧本[①]上演成功!(多可惜啊,我看不到!)

丁玲二十七日德州

---

① 指逯斐和陈明合作编写的话剧《生死仇》。

致人民文学出版社编辑室

编辑室同志：

你们来信并转来的读者俞茂林同志来信都读到了。你们的意见大约是同意他的，可是我再读了我的原文[①]，我说我的意见仍是对的。中国国画问题就在这里。在唐宋时代是画人物的，画社会生活。从元以后就渐渐少了起来，到后来就只画花鸟虫鱼，即使画仕女、扶杖老人，也不过是画中的点缀而已。中国诗也是这样，逐渐与人民生活脱离开来，因此都是与政治无关，风花雪月，供文人雅士欣赏的。我的文章中就没有说齐白石的画不好，我只说这不是最高的艺术。这话是对的，也并不同艾青[②]与王朝闻[③]的意见有什么矛盾，他们说了他的画的成绩一面，我是从艺术与社会关系来谈他的画，因此我没有改，但我加了几句，把意见更说得明白些。

读者的信我不复了，请你们处理吧。

[①] 指《在前进的道路上——关于读文学书的问题》一文。
[②] 艾青（1910—1996），诗人。
[③] 王朝闻（1909—2004），雕塑艺术家、文艺评论家。

敬礼!

丁玲

旁的地方也有一二处有校订,因无时间,没有仔细校。

致洛兰、马寅[1]

洛兰、马寅：

多少年不见了。不管你现在多么老态龙钟，儿孙满堂，但在我脑子中的洛兰，始终是在西战团时的洛兰。想当初你第一次见我时，是一个多么坚强又多么嫩弱的小闺女呵！我不能忘记你分担过我的忧戚。你告诉我，康生在党校怎么说我是自首过的，我在那以后写信给陈云同志；任弼时同志来文协我的小窑洞里，像谈心似的和我谈我在南京一段时间的历史，做出了结论。我现在仍然认为那个结论是正确的。你曾经多么痛苦的叫我不要再爱老陈了，你又曾把我的痛苦去向陈明讲述。只有你是我们、我和陈明相识生活了四十年的知心人。得到你的消息，又知道你想来我们这里，怎能不叫我心动，把几十年的往事都在心里翻腾？（我昨夜又失眠了。一点钟时服了安眠药，也无效，直到三点多钟才仿佛入睡）何况在一九五七年后，我们蒙受了天大的冤枉，为世人所鄙弃和诟骂时，你们没有抛弃

---

[1] 洛兰，亦名罗兰，1937—1938年在八路军西北战地服务团任团员，丁玲当时任西北战地服务团主任（团长）。马寅，洛兰的丈夫。

我们。这种知遇,这种老同志式的温暖,是曾经给了我们多大的安慰和鼓舞,使我们相信这个世界上,还不都是那样冷酷、凶残,还有向阳之处,还有使人生出人类总是要向前的,要相信人的想法,不要因为世界上有少数丑类就悲观失望。因此,当我现在还不能自由行动,不能去北京的时候,听说你要来,怎么能不热烈欢迎呢?

从来信看,你的确还是一个安琪儿,你还是有一颗赤子之心。很好!很好!你怎么知道我们就是用赤子之心,一辈子崇拜过人,相信人家的笑脸、握手、好听的话,总是将心比心(十足的唯心主义!)幻想以心换心,让人,团结人,原谅人。真正做到基督耶稣说的,人家打了你的左脸还要将右脸送上去。二十多年来,我只是安徒生童话集里的披着一张难看的青蛙皮,成天只能哇哇哇的难听的叫,什么"我是有罪的,我是罪人,我反党、反毛主席、反领导(不知是谁),我永不翻案。我是大右派,是反党集团头子,我鼓吹一本书主义,闹独立王国,分裂文艺界……"。难看的青蛙就这样叫了二十多年,还怕不够,报纸上,杂志上,注释,花样翻新的今天说叛徒,明天说变节,全世界宣扬。又说鲁迅骂过我,又说毛主席讽刺我。二十多年了,我的最好的年代消逝得无踪无影了。只落得一颗遭过千刀万剐的心和病残老迈的躯壳。幸得党中央英明摘掉了我的右派帽子。我本应感激,奋起微弱的余力,以报答党的恩典,谁知道有人不愿落实党的政策,不肯解放丁玲,在风闻要摘掉所有右派帽子之际，放出"丁玲的集团是同胡风的反革命集团一样的，一个是胎藏在国统区的，一个是胎藏在延安的，而且他们是互相配合……"，十一大的报告中，分明提到："对作家要团结，要惩前毖后，治病救人。除非是隐藏的反革命……"（大意）这样，丁玲既是隐藏的反革命，自然属于团结之外，应永世不得翻身了……

洛兰，你看我一口气写了这么多的"怨言"，你一定以为我窄狭、疑心……不，洛兰，这是有文可查的。不过你只用一张绯色的细纱，笼罩着你自己，你大约不大看报，更不看其他杂志，只抱着你的一颗安琪儿的心，把一切事想得很美，就像你自己说的想的简单。你看，我倒好像在责备你了。不是的，我毫无责备你的心思。不过人在熙熙攘攘的人群中，对面看人，常常是看不清人的，如同在君子国，只见对面的那张温文尔雅的笑脸，看不见后面藏在披巾里的狰狞的青面獠牙！人只有在被打倒之后，经历了十八层地狱的各种磨难，从下边往上看，才能看见他的后面，和他的肺腑，才能悟出点名堂来了！洛兰！我可能说得太多了。其实你是不容易懂得这世界的，可能马寅吃的苦多些，会从我的话中得到一些同感，好了，好了，说点使人高兴的事吧。

第一，我总算活过来了，住在嶂头村①三年多，群众中总

---

① 嶂头村在山西长治市郊区，丁玲出狱后于1975年5月起被安排在这里至1979年1月离开。

有好人的，因此也有几个虽然相知不深，却还是关心我们常常帮我们一点忙的人。这种人，既不为权势，又不为名利，而且甘冒一点危险，（以前）或不顾旁人误解，（现在）来接近我们，看来也无非对一个被损害了的作家的一点同情。另外一些老百姓，总还是如你们知道的喜欢我们，他们既不因我戴了帽子而歧视，也不为摘了帽子而放心。他们就是从他们简单的直观来评判一个人的好坏。是好人就对你好，是坏人就远远离开你。我是喜欢在下层的人们的。所以我们虽然远离热闹的城市，但并不寂寞。我们住的地方很宽，除了有五间房子外，还有约四分地的院子，有果树、柏树。我们自己种得有菜、瓜，整个夏天就吃自己种的新鲜菜。老陈在东北农场就是一个好劳动（力），现在虽然也年老了，但还是喜欢劳动。前两年我还能爬上村东的太行山顶，今年只好服输了，每天就在院子里散步，偶尔在外边走走。这里气候夏天比北京凉，冬天比北京暖。山西煤多，生活很方便。闭塞一些，对外间消息几乎隔绝，但也有好处，少知道，少烦心。我们虽然九死一生，但我们总还是竭力继续在死亡线上挣扎，愿意为后人子孙留一点东西，虽然力比纸薄，但心仍比天高。唯愿多活几年，了此心愿。儿女虽被株连，受害，受压，但也总算过来了。他们也很快要接近老年了，除了勉励他们要继续埋头，没没（默默）无闻为党尽力以外也没有什么别的希望了。好在新的一代又出来了，大的还争气，小的很可爱。唯一希望他们有所成就。不要再因为祖母而浪费一生。

心情总离不开沉重的样子,本来么!二十多年了,积压在心头的话,因为老熟人,老知己,就不觉的如泉涌似的倾泻了出来。想必因理解我而能原谅我的。

来我们这里坐北京晚上开的(不知是几次车)火车,天明到新乡。换来长治的车,下午两点到。车站离我们村约十七八里。一般都有三轮车,约四、五、六元钱就到了。只要进了村,问老丁陈明住处就能问到。如果前三天来一电报,陈明就能找到一部汽车去车站接你。邮差不一定每天来,星期天是准不来,故电报有时比信还慢:打电报一定要早三四天,说明动身日期,万一你打了电报,到车站仍不见人,就是电报误期,那就只好乘三轮了。

祖慧的爱人最近被小汽车撞伤,睡在家里,动弹不得。祖慧正在排一个舞剧,日夜忙。我要他们带孩子去看你,可能一时半刻不行了。祖慧已经好久连孩子都不能去接了。陈明的五妹在西城锦什坊街华嘉胡同华嘉幼儿园工作。她答应替我们找一个保姆,我们要她在"十一"前后送来。你如果来,那就正好把保姆带来,沿路还有人照顾。陈明已给她去信,要她去看你,商量这件事。如果可能,你们最好一道来,如果她还没有找到,你就只好一个人来,或者,马寅能送你来?陈明妹妹来过这里几次,她会告你一路走的情况。五妹的名字叫陈舜芸。幼儿园的电话是:66、1409。她住在前泥洼11号。不过你不用去找她，我们叫她找你好了。一切面谈吧，等着见面。

          丁玲九月二十八日

陈明在信旁附言：

  北京—新乡—长治。买通票十多元。最好买一卧铺，晚上九点来钟开车，天亮到新乡（河南）下车，可不出站，等候从新乡开长治，或是郑州经新乡开长治的车。上车后找车长，换乘软席，多花三元钱，可是舒服多了，免得受挤。

  车站在长治市西郊，嶂头村在长治北郊。行期确定后，提前三天，打电报来，我可去站接你。星期日投递员不下乡。你打电报，最好选在星期日，这样，至迟星期二可以收到。

  车站—长治市—几个小时—关村（大）—嶂头（大）。

  大：是大村的意思。

致赵家璧①

家璧同志：

接读来书，非常高兴，并引起许多回想，即提笔拣能记得的缕述如下：

《大陆新闻》可能是党办的一个报纸，文艺附刊或者是管文艺稿件的是楼适夷。我的信就是写给他的。报纸是谁负责，可以问问楼适夷；但决不是钱杏邨②。为什么这信是他保存？可能是他一向比较注意搜存资料，其中包括有《大陆新闻》。《母亲》交良友③出版，是通过谁我忘了。《大陆新闻》登载我的《母亲》时，头天曾用红字预告。《大陆新闻》被封就是因为登载了《母亲》。工部局巡捕房还去《大陆新闻》逮捕

---

① 赵家璧（1908—1997），作家，翻译家，出版家。1933年丁玲被国民党特务绑架，他在鲁迅的建议和支持下，主持出版丁玲的长篇小说《母亲》，以示对国民党反动当局的抗议。1936年又出版丁玲的短篇《意外集》。

② 钱杏邨（1900—1977）即阿英，文学家，戏剧家，文史学家。1930年参加左联的筹备和领导工作。

③ 即良友图书印刷公司。

我，未成，才又去湖风书店①想抓我。

《母亲》原打算写三部，仔细的想法现在也忘了。可能第一部是写她入校读书的斗争，至一九一二年止。第二部是她从事教育事业的斗争，至一九二七年止。第二部，写她在大革命中对于革命失败的怅然及对前途的向往，和在也频牺牲后为我们抚育下一代的艰苦。（或者这里也夹杂写自己，写另一个母亲）

继续写《母亲》是一件有趣的事，只怕时间对我不准许了。"人文"②拟出版《母亲》，我重读了一遍，没有什么修改，只校对了一遍，加写了一篇《我母亲的生平》，中间引用了一些我母亲的回忆片断，和她的诗，我还是觉得有趣味的。"人文"编辑同志也有同感。你说的那张纺纱的照片，是在我出生前，一九〇二年时，我们那个城刚有照相馆时，我舅舅们等我外祖母不在家，叫照相师到家里来好玩，大家都照了相，都是正襟危坐，只有我母亲别出心裁照了这张纺纱的照片。我母亲那时自然不是以纺纱为生，或做女工的。她只绣花。那架纺纱机可能是我外祖母家用它纺线，做衣服做鞋子用的。我外祖母虽说是一个官太太，知府夫人，但她持家非常严谨、勤劳、朴实的。即使在官衙时，也亲自洒扫，为差役缝补衣服。

---

① 湖风书店，在党的支持下，一家由同情党的人士出资创办的书店，实际上也成为当时地下党的一个联络点。

② "人文"指人民文学出版社。

我母亲还有手拿锄头的照片。大约她很喜欢这种生活，虽不能做，但摆个样子，照张照片也是很高兴的。这是她喜欢的一张照片，给了我，因此我就把它寄给你们，拟放在书中首页。

我在被捕以前，有些稿件、通信、照片，可兹留念者，有一个小箱子，或包袱，存在我的朋友王会悟（李达的爱人）那里。我被捕后，即由雪峰、适夷取出来转存在谢澹如家里。发表的文章手迹照片等都是从那里取出来的。至于你说的《良友画报》刊出的手迹，我现在没有见到，不能指定是什么东西，也就不能肯定是由谁寄给你的。

《意外集》①中你所提到的那五篇文章，是一九三五年底一九三六年初我陆续写的。因为我那时正在筹划怎样离开南京找党。我必须给我母亲一点钱，完全是为了稿费勉强凑成的。正如你所说，我对于那几篇文章没有什么感情，虽然说了"我汇集起来不过作为自己的一个纪念"，实际仍然是由周文②费心编凑为一个集子卖点钱，寄回湖南去。这时我已经到了上海，即将远去陕北根据地的时候。其余一篇未完稿《杨妈的日记》《莎菲日记第二部》和一封信《不算情书》，都是由于凑字数编进的。后来我从未将这些文章编入选集。但去年编的新选短篇集却将《松子》《团聚》《杨妈的日记》都编了进去。

---

① 丁玲在南京被囚禁的后期，为准备逃离南京奔赴苏区筹措安家费和旅费，将几个短篇在上海良友图书出版公司结集出版，取名《意外集》。

② 周文（1907—1952），当时在上海任中国左翼作家联盟组织部长。

我觉得前两篇对当时的凋零破落的旧中国还是有所揭发的,还是沿着小说《奔》的道路前进的。《杨妈的日记》虽说未写完,但对于书中人物还写得可取。

你对《记丁玲》①的态度和办法,我觉得很好。我的确想写一篇文章逐点加以改正。而且应该在沈从文在世的时候,否则后人会说沈从文以为你死了(他写这书时正是谣传我已经死去),胡诌了你一顿;你又在他死了后才来改正,为什么不在他活着的时候呢?可是我真正觉得他近三十年来还是倒霉的。其实他整个一生是一个可怜可笑的人物。近年来因为他的古代丝绸研究有了点买卖,生活好了些(也还是不那么满意的),我的文章的发表对他是一个打击,或许有点不人道。我是以一种恻隐之心强制住我的秃笔的。最近在给《诗刊》写了一篇短文《也频与革命》,稍稍点了一点,说这篇《记丁玲》是一篇坏小说。不过其中另有几点,仍将在某一天说清楚。以后再看吧。

近代有些史料,可悲的是有许多都是为自己搽脂抹粉树碑立传,有意篡改历史的文章,对异己者则肆加毁谤,或无视其人,尽力贬压。文坛中人的浮沉,实际已说明问题所在;或可寄希望于后代,但亦难矣。因此实在觉得有老一辈的人能站

---

① 沈从文作。1934年9月出版。沈从文(1902—1988),作家,湖南凤凰人,著有《边城》等。

出来说几句真话,记录一点真实的史料,实为后生研究者的幸福。

丁玲元月二十七日

致吴海发[①]

海发同志：

　　我因手术住医院，最近才回家，你的信复迟了，望谅！

　　你愿意为鲁迅先生所作《悼丁君》一诗作出正确的解释，我是十分赞同的。我们的文坛多事，宵小太多，有的利用封建关系，挑拨是非；有的造谣诬陷，捏造历史，把真情实事搞得面目全非，给后人添加许多麻烦。我个人平素不太注意别人背着给我的流言蜚语，和棍棍棒棒。因为实在辩不胜辩，防不胜防，不如听之任之，自己干自己应该干的活，写自己该写的文章；否则，常年只好打笔墨官司了。因此，我对你的文章一时也提不出什么意见。只是觉得应该感谢你，世界上毕竟有好人，有实事求是说公道话的人。

　　承问及当年出狱情况。一九三四年夏天（关押一年后），我仍被扣在南京，表面上可以赁屋住居，但实际住屋仍在特务人员宅院中。形式上有了些自由，暗中仍被监视。经过长期的策划，一九三六年五月我以探望旧友为名，跑到北京，先后

[①] 吴海发，江苏铜山县大许中学语文教师。

托熟人寻找党的关系，最后请曹靖华写信给鲁迅，经过鲁迅先生，党组织和我取得联系，并派人协助逃到上海，九月取道西安，十月到达共产党中央所在地保安。在南京我没有自首变节，没有给敌人做事、写文章。现在党组织已经恢复了我的党籍。

《不算情书》[①]是私人信件，我手边也没有了。

选集出版后当寄赠一册。原稿奉还，请查收。

即此

祝好！

丁玲六月二十七日

[①] 1933年5月，丁玲被国民党秘密绑架后，友人从她的旧稿中发现此文稿，以《不算情书》为题，在1933年9月《文学》第1卷第3期上予以发表。

致宋谋瑒[1]

谋瑒同志：

  两次来信，都收到。足见你对国事、文事的关心和热情。我现在虽然在北京，既不参加高级会议，又很少见高级人物。文坛事实与我无缘。你不要看见我在这个刊物有点短文，那个刊物有点小消息，或者又偶在电视中晃一晃，实际不过是晃一晃人物，自然，也很难不见外国人，这种时候，我大半很谨慎，怕授人、授自己人以柄，为再来挨一顿棍棒做口实。但愿这只是我的"余悸"。两年多来，尽写些不得已的小文章．实在不过只是自己在读者中平平反，亮亮相。好在现已发誓除实在不得已而外，不写短文。人家打人家的仗，我写我自己的文章。我对于内战是不想参加的。你不要看旗帜，所谓解放，实际在某些问题上，对某些人上，实在一丝一毫也不愿、不肯解放的。左的左得可爱，右的右得美丽。我们付出了二十多年的时间，我们吃了许多苦，无非有党的政策，现在才得以有几点小地方，可以挤进去发表点小文章。我们是应该感谢党的。可

---

[1] 宋谋瑒，山西晋东南师专中文系教授。

是不管现在左的也好，右的也好，究竟对我们如何看法，如何对待，是大可寻思的。我明确的告诉你，假如《苦恋》是我写的，你可以想见那些左的右的都会汇成一股洪流来围剿的。难道二十多年还不能得点经验教训，不学一点乖吗？文艺事大不可为，希望在五十年后，在我，在我们死后许久，或可有有勇气的（也许那时不需要勇气），真正无私的，有真知灼见的人们。不过首先得把封建权势扫除干净。我们还需要杂文，只是比鲁迅时代要艰难得多。甚至比你当年（一九五七年）还有困难。现在只就文艺来说局势复杂的迷人，简直叫人摸不清。因此，只有不管它，自己按自己的认识写文章：我就坚持不入伙，免得学别人倒来倒去，演笑剧。

我的意见，只是一管之见，望勿扩散。到钱明达①为止。全国都有耳，小报告四处飞。我惹不起人。

即祝近好！

丁玲一九八一年六月四日

---

① 钱明达，1958年前在军委总参工作，后下放。1975年丁玲居长治时与之相识，20世纪80年代病逝。

致白浜裕美[①]

白浜裕美先生：

来信两封，都收到了，谢谢。我几次要复信，都因一些杂事打断了，拖到今天才复你，真对不起：望原谅！

现在答复你提的问题：

第一，常德女子师范成立在辛亥革命前二年，是一九〇九年。过去一些记载或叙说，均不确实。这次查阅母亲遗留的日记才查清楚的。母亲在常德女师先读了两年预科，一九一一年读本科，至辛亥革命停学，一九一二年去长沙读书，一九一三年辍学去桃源小学教书去了。

第二，我在平民女校读书半年，离开学校是退学。那时学校入学、退学手续很简单，我们学生生活很自由，说走，就走了。开始我还留在上海自学，到十月，我和王剑虹慕六朝遗迹，就去南京了，到旧历年底回湖南。平民女校可能就在年底也停办了。停办是因为李达要去湖南自修大学，接手的人没有办好，就不办了。第二年，一九二三年，我和王剑虹又从湖南

[①] 白浜裕美，当时是日本研究中国现代文学的学生。

到了南京。夏天遇见瞿秋白、施存统，才去上海进上海大学。

第三，我是在一九二五年认识胡也频的。正如你的说法，是五月间。

第四，一九二五年暑假，胡也频到了湖南。我那时的确对恋爱毫无准备，也不愿用恋爱或结婚来羁绊我，我是一个要自由的人，但那时为环境所拘，只得和胡也频作伴回北平。本拟到北平后即分手，但却遭到友人误解和异议，我一生气，就说同居就同居吧，我们很能互相理解，和体贴，却实在没有发生夫妻关系，我那时就是那样认识的。我们彼此没有义务，完全可以自由，但事实慢慢变得似乎仍应该要负一些道义的责任，我后来认为那种想法是空想，不能单凭主观，一九二八年就决定应该和也频白首终身，断绝了自己保持自由的幻想。附带谈一谈，我和雪峰的关系。一九二七年我写完《莎菲日记》后，由王三辛介绍我们认识的，王三辛告诉我他是共产党员。这是最重要的一点，我那时实在太寂寞了，思想上的寂寞。我很怀念在上海认识的一些党员，怀念同他们在一起的生活，我后悔离开了他们。那时留在北京的文人都是一些远离政治的作家，包括也频在内，都不能给我思想上的满足。这时我遇见一个党员了。我便把他当一个老朋友，可以谈心的老朋友那样对待。我们很谈得来，但我从来没有想离开胡也频，我认为我们三个人都可以长期做朋友生活下去的。雪峰对我也好像只有谈心的要求，我们相处时间很短，但三个人都很好。一九二八年我和也频住在杭州，也频对我们的友谊提出了意见，我同情他，便与雪峰中断了一时的友谊。后来雪峰结婚了，我们仍旧很理解，很关心。但我这个人是不愿意在一个弱者身上取得胜利的，我们终身是朋友，是相知心的朋友，谁也没有表示，谁也没有想占有谁，谁也不愿落入一般男女的关系之中。我们都满意我们之中的淡淡的友谊。这些话我向来很少同人谈过，因为一般人不容易理解。威尔斯[①]的记录不详细，也不十分准确。先生诚恳相问，我坦然相告，不过这都不过只是个人生活中的小事，没有什么值得研究的。

春安！

丁玲一九八五年三月一日

[①] 威尔斯，即美国作家海伦·斯诺，笔名尼姆·威尔斯，在她的《续西行漫记》中有关于丁玲的章节。

致陆文采①

文采同志转联络组、筹备组以及全体与会的同志们：

祝各位同志健康。

我用惭愧和感激的心情遥望大连，望着在大连开会的诸位热心的朋友。

我曾是被打入另册的人，我在社会上曾非常孤立但却又拥有多数善良人的感情；我常常在一些仇恨的眼光中挣扎，但却又基本上是在爱情中生长。我是一个贡献很少、而获得却很多的人。我曾有过慨叹，叹息自己生不逢辰，但却又实实在在满怀激情，幸福地感到压在双肩上的重任。我常想，一个人如果没有被压迫的感觉，如果没有必要的挣扎，那种轻松有什么价值呢？人有过痛苦，要蔑视它，痛定思痛，要排除它，决不能为痛苦所影响而迷失方向。我坚信现实生活总是向好处走的。即使偶然走了岔道，躯体即使被粉碎了，腐烂了，在废墟上仍将有健康的新苗萌芽生长。要像革命战士那样，坚守阵地，即

---

① 陆文采，辽宁师范大学中文系教授，当时负责筹备丁玲创作研究座谈会。

使剩下自己一个人也要坚持战斗下去。要有乐观的气魄,但决不是盲目乐观。盲目就容易轻飘飘,容易浮,也就容易脆弱,容易动摇。而我们却要有泰山压顶不弯腰的精神!

我不知道在这次会上你们将谈些什么。我一直勉励自己,听到好话不骄傲,听到批评也应从各方面考虑,虚心学习才是。我以为凡事都要向远处看,而站得高,才能看得远;没有个人顾虑,才能得益。

你们是观察世界,以评说历史,推动未来的人,你们是真正有知识的人,我尊重你们,为社会主义现实主义文学的发展而尊敬你们。希望你们不断地学习,为祖国文学事业的健康发展而斗争前进!

最近我住了两个月的医院,现在虽已出院,但医生仍嘱咐我注意休息,因此,这次我不能来参加你们的盛会,十分遗憾。我一定争取明年参加你们的会。

谨向主办和支持会议的省文联、省作协、省社联、省文学研究所、大连市文联、辽宁师大、中国人民警官大学致谢。

此致敬礼!

丁玲一九八五年九月十六日

第三辑

日　记

难图伸腰昂首于生前，望得清白于死后……

日记三则

一九七五年九月十六日

发出给祖慧信,说到患白内障,想她们都来住一时。续给小延写信。

左眼球很明显的在鼓出,可能像一个金鱼的眼睛。

给朱群、姜英写了复信:

前几夜月色很好,又正值停电。静坐院中,看树影东移,夜凉如水,忆几十年大好年华,悄然消失,前途茫茫,而又白发苍苍,心高命薄,不觉怆然。惟有鼓起余勇,竭力挣扎。难图伸腰昂首于生前,望得清白于死后,庶几使后辈儿孙少受折磨,有发挥能力的机会,为国为民效劳而已。

明日中秋。讨债人还逼着伯夏为他们奔波买这样购那样,世风如此,真可叹可气。

一九七五年十月八日　星期天

天晴。近日已转冷。给祖林、庆生写信。午睡时构思一短文，以一中学教员回乡务农，从他的生活中反映农村所受"四人帮"毒害之深为题材，用日记形式，仿《狂人日记》。真是数年不见，农村的面目全非，令人痛恨。但一觉醒来之后，又有些畏惧了。文章要写得深刻点，生活化些，就将得罪一批人。中国实在还未能有此自由。《"三八"节有感》使我受几十年的苦楚。旧的伤痕还在，岂能又自找麻烦，遗祸后代！

一九七五年十二月三日

上午有客来访，自己报名是刘真。我对这些人是有戒心的。丁玲已不复是以前对任何人都一往情深的了。她在这里整整呆了七个多钟头。有时像一个老妇人。她谈了许多文讲所熟人的情况。听到谷峪、李涌等都被划为右派，在黄泛区劳改，妻子无能，儿子又多，生活狼狈凄惨，我心中实在难安。那些两面人，心毒手狠，害了多少人，把一群曾经受过党多年教育，有才华的年轻人都毁了！现在好不容易留得一条命，但也同我一样，大好的时光都在折磨中销蚀了。使党的文艺工作伤了元气，受了大损失！这群人到现在还继续为恶，我真心痛！

晚看《东进》，陈毅同志的形象很好。